54字の物語 3

参

氏田雄介　編著

武田侑大　絵

PHP
文芸文庫

○本表紙デザイン＋ロゴ＝川上成夫

各地から素晴らしい物語がたくさん集まった。書き手によって視点が全く違うから面白い。さて、地球語に翻訳するか。

作／氏田雄介

はじめに

「54字の物語」は、9×6マスの正方形の原稿用紙を使った、1話が54字ぴったりで終わる超短編小説です。

基本のルールは、2つ。

① 文字数は54字ぴったりに収める

② 句読点やカギ括弧にも1マス使う（「！」「？」の後でも1マス空けない）

ひとつの物語を読んだ後で「どういうお話なのか」「この後どうなったのか」などを想像してみましょう。巻末にはちょっとした解説も掲載していますが、物語の解釈は自由です。

爆笑問題の太田光さんを始めさまざまな書き手が参加した、多彩な魅力溢れる〝参〟巻をお楽しみください。

目次

はじめに　4
必携ドリル　14
怪物の亡骸　16
佐藤の消失　18
帰宅部の才能　20
さまようトイレ　22
忘れロボット　24
キリの良い歳　26
知らない機能　28
右から読むか左から読むか　30
悪魔の幸福論　32

時空ランドセル　34
二つ目小僧　36
一億年遅れ　38
魂の駆け込み乗車　40
探偵は知っている　42
野菜と野鳥　44
叶えられない願い　46
カンニングの天才　48
辛い研究　50
想像力の果て　52
漢字泥棒　54
鏡の悪魔　56
北風と太陽とある男　58
ある川の話　60

桃太郎の真相　62
タマゴリョーシカ　64
金銭トラブル　66
宇宙分煙　68
君と羊と馬と　70
天国からの目覚まし　72
不死の研究者　74
コールドスリープ　76
式場　78
星に願いを　80
マジョリティ　82
予告看板　84
自分自信　86
大停電　88

花占い　90
子ども駆動　92
塗り残し　94
反転人間　96
約束の針　98
カラス語の解読　100
文殊の知恵　102
グリーン星人　104
命の落とし物　106
ロボットこそ　108
冷たい販売　110
自分だけのビーチ　112
むらびとAの憂鬱　114
ツーショット　116

幽霊のいる家 118
紛らわしい願い 120
誤認逮捕 122
手をあげて 124
アクは許さない 126
以上事態 128
自分予報 130
地球大接近の日 132
月の秘密 134
プログラム 136
同一人物 138
出られない 140
手の焼けるペット 142
刑事の育児 144

つかない理由　146
地球の自転車　148
パラレルアース　150
見つからない本　152
飛んできたアレ　154
虚像　156
星空の裏側　158
寝落ち　160
歩きスマホ　162
タネも仕掛けも　164
秘密基地への宅配　166
無霊者　168
夢見るドライバー　170
グリーン星人2　172

物は大切に　174
エクストリーム上京　176
死んでも嫌だ　178
Q&A　180
しきたり　182
繰り返し　184
一日先へ　186
鏡よ鏡　188
大番狂わせ　190
密輪　192
記憶にございません　194
生存者バイアス　196
デスマーチ　198
自分探し　200

帰省ラッシュ　202
練習台　204
手を挙げろ　206
ジャネーの法則　208
54字のループ　210

〈解説編〉　212

54字の物語の作り方～文字数調整編～　246
54字の原稿用紙　251

新学期になりテキストとドリルが配られた。ゾンビの倒し方が書かれたテキストと、鋭い刃が回転する強力なドリルが。

作／氏田雄介

ゾンビ
の
たおしかた

フロアに転がる怪物の死体。宇宙船はこのエイリアンの亡骸を生まれ故郷に帰すべく、地球という惑星に向かっていた。

作／太田 光（爆笑問題）

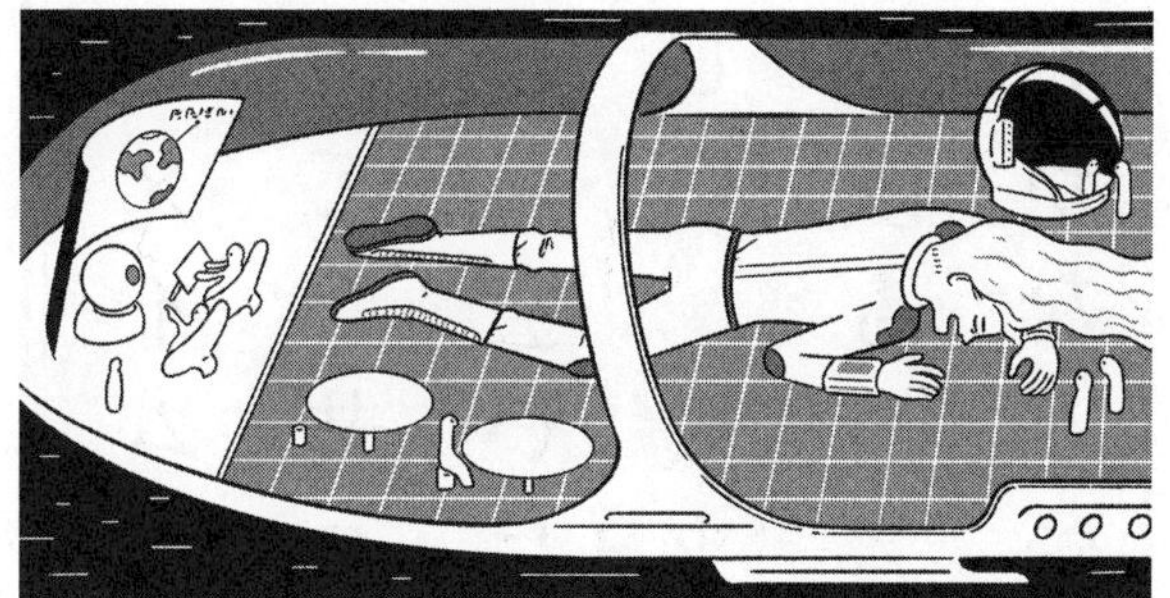

佐藤がタイムマシンに乗って、昔の自分の両親に会いに行ったらしい。未来が変わる危険もあるのに大丈夫かな、鈴木。

作／渋谷獏

佐藤
鈴木

生徒達が事故で無人島に。運動部は島の探索に向かい、文化部は助けを呼ぶ方法を考え、帰宅部は自宅へ帰っていった。

作／式さん

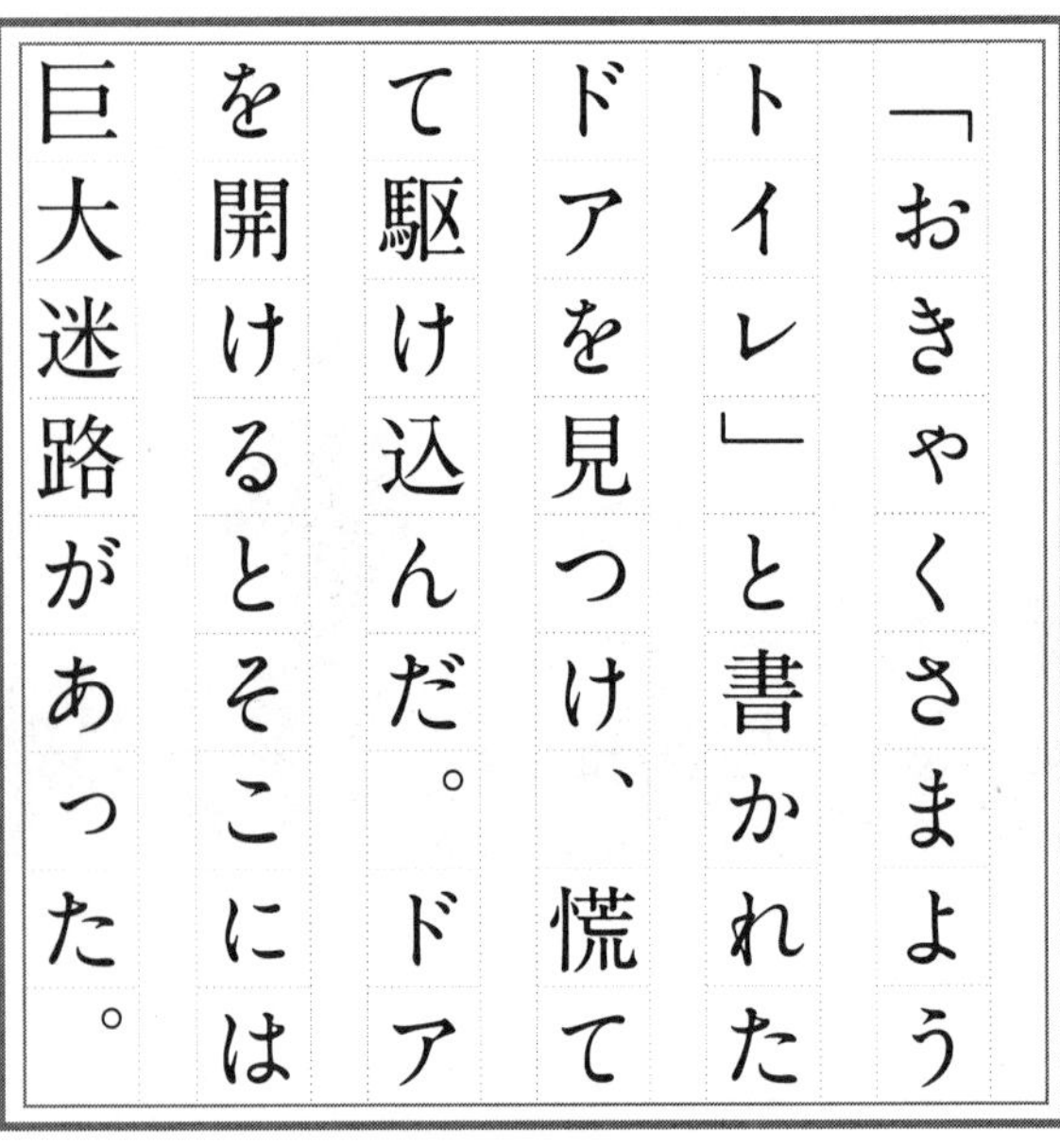
「おきゃくさまようトイレ」と書かれたドアを見つけ、慌てて駆け込んだ。ドアを開けるとそこには巨大迷路があった。

作／MK

さまようトイレ

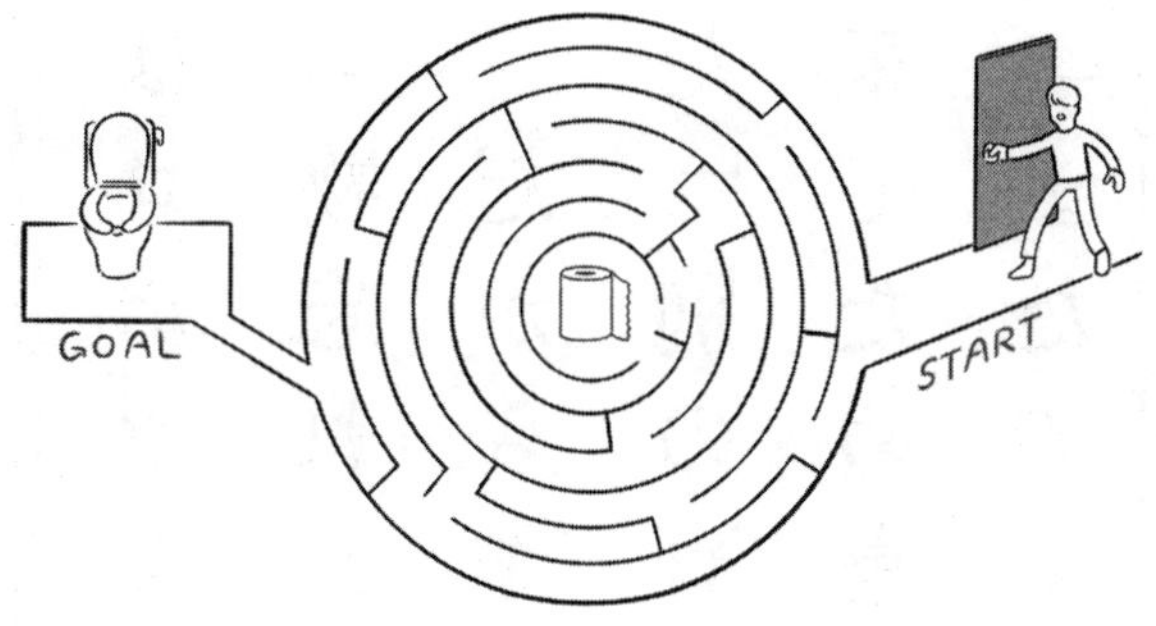

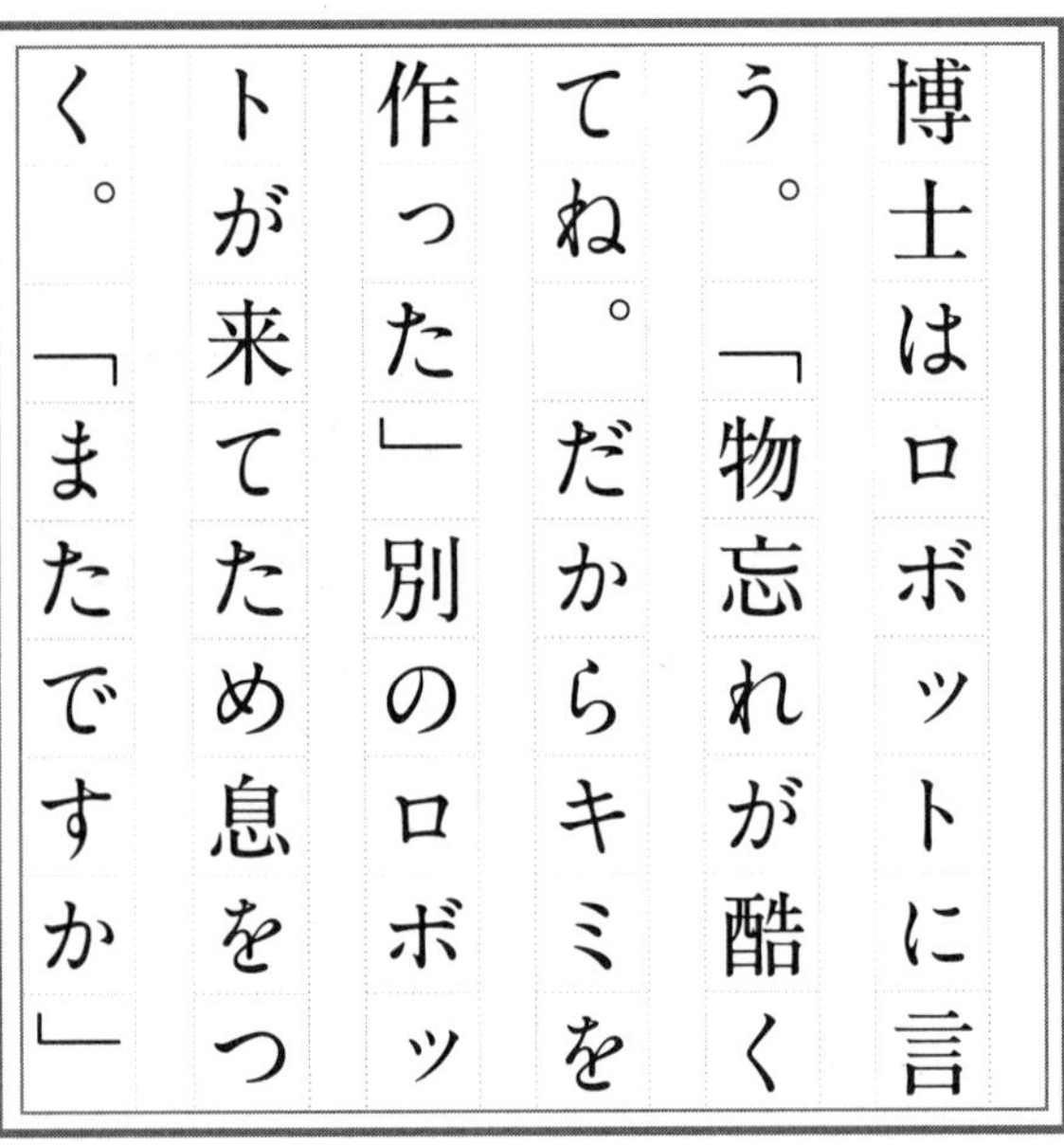

博士はロボットに言う。「物忘れが酷くてね。だからキミを作った」別のロボットが来てため息をつく。「またですか」

作／水谷健吾

25　忘れロボット

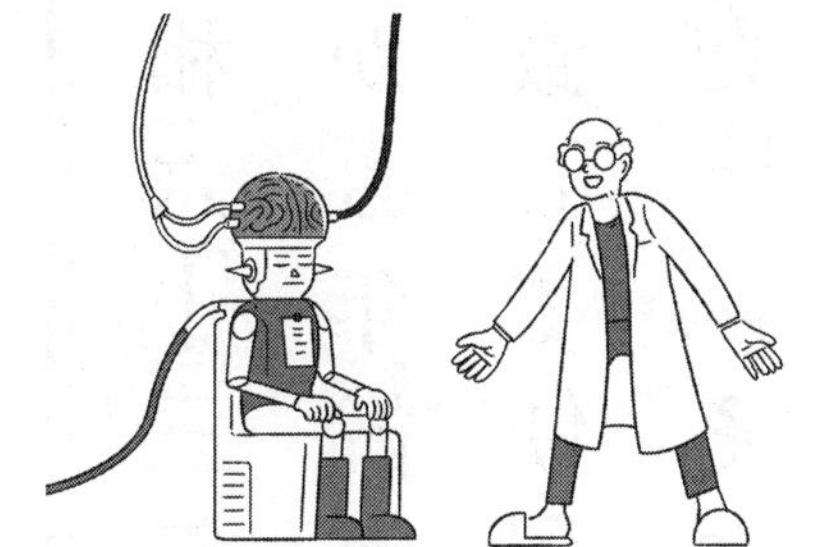

「昭和六十三年生まれだから年齢が平成と一致して便利だったんだ」「それ超わかる！」紀元前一年生まれが賛同する。

作／式さん

平成

最近安いピアノを買った。中古品だけど、一度弾いた曲を自動的に繰り返し演奏してくれる。そんな機能、あったかな？

作／二階慶太

29　知らない機能

幸せになりたいの。
嫌よ。貴方と別々に
なんて、そんなの私
じゃないから。一生
私の愛する人は貴方
だから、おねがい。

作／ゆっケ

ある男が悪魔に「一生幸せに暮らしたい」と願いました。「叶えてやろう」という返事に男は喜び息を引き取りました。

作／氏田雄介

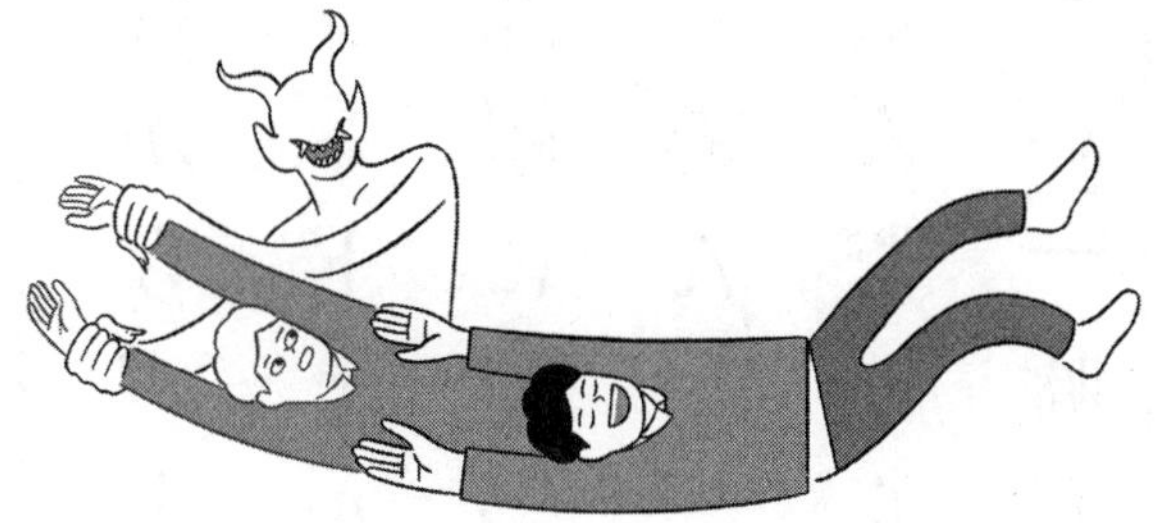

押入れから、十年ぶりにランドセルを出して部屋に飾ってみた。「あんた、明日学校なんだから早く寝なさい」――嘘だろ？

作／ねね

35　時空ランドセル

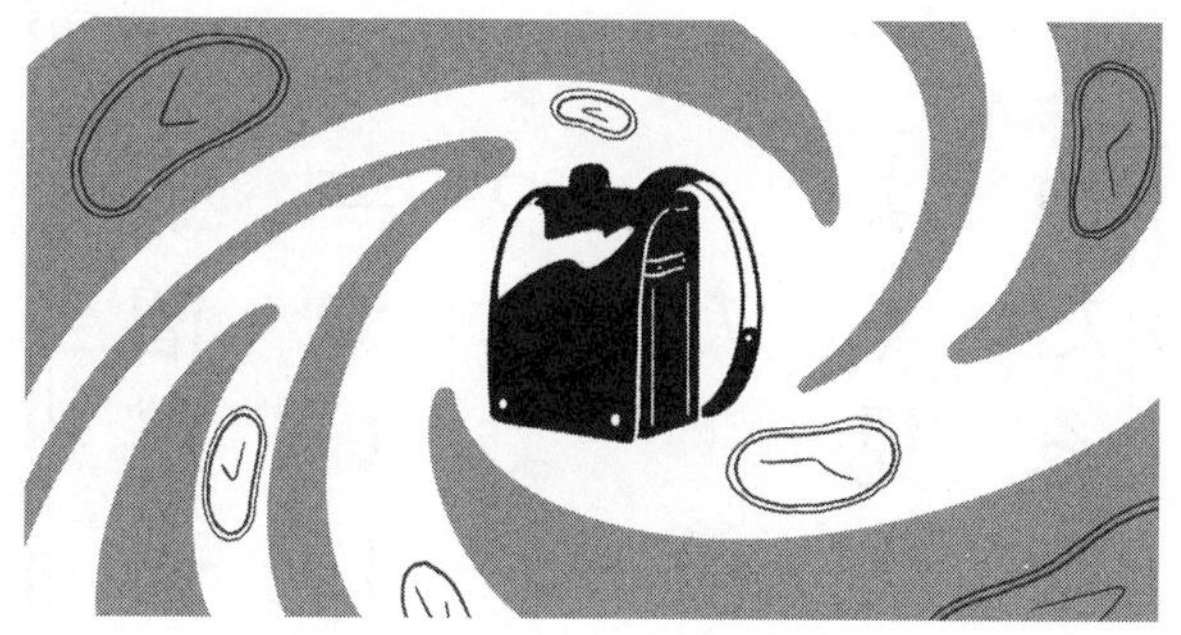

一つ目小僧だった友人から「ついに二つ目になったよ」と連絡があった。前も後ろも、よく見えるようになったそうだ。

作／ひょろ

1

五千万光年先から光速でやってきた宇宙人は失望した。巨大生物が闊歩する星が見えたのに、歩いているのは猿ばかり。

作／Rintaro

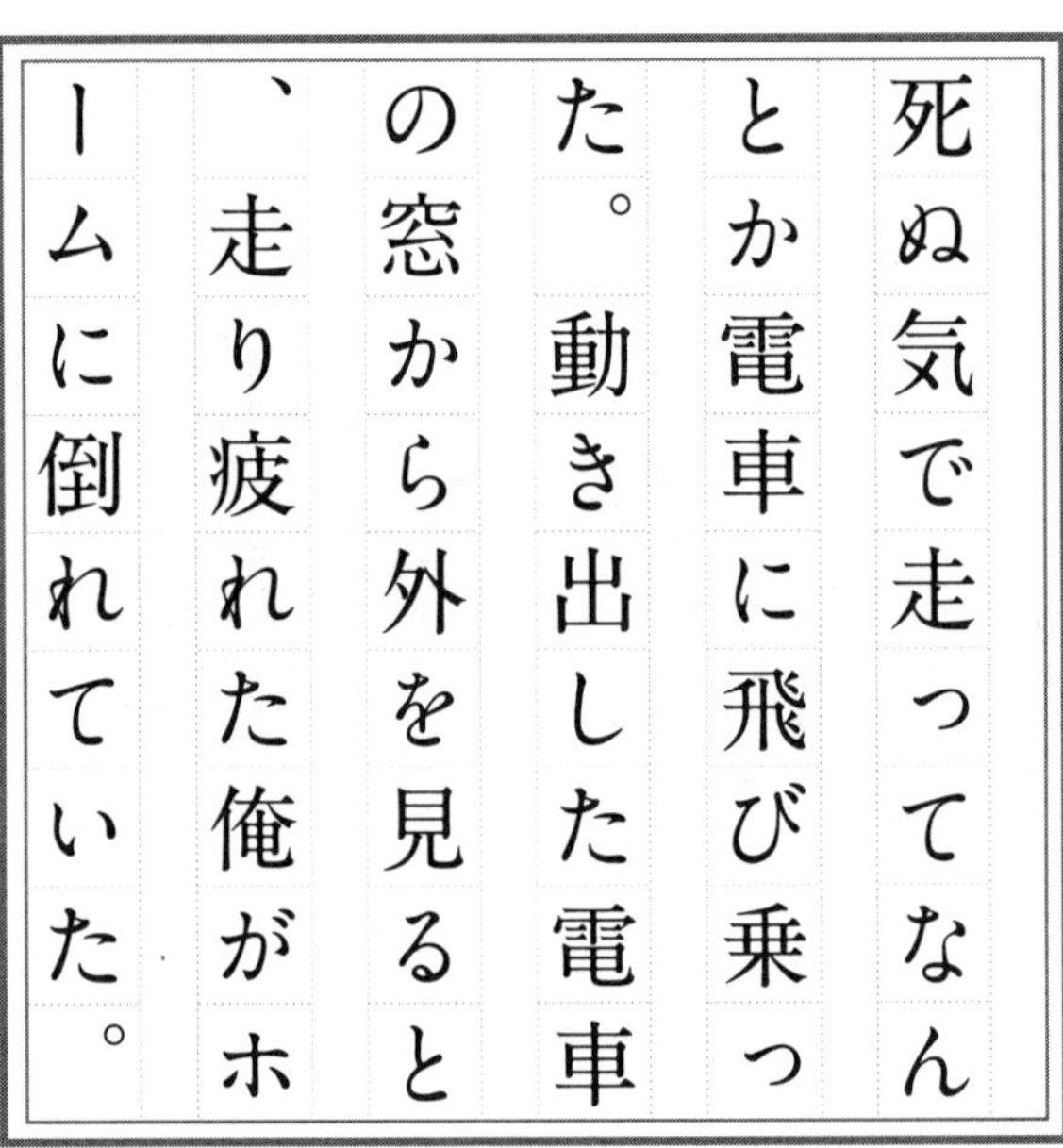

死ぬ気で走ってなんとか電車に飛び乗った。動き出した電車の窓から外を見ると、走り疲れた俺がホームに倒れていた。

作／八ツ橋佑規

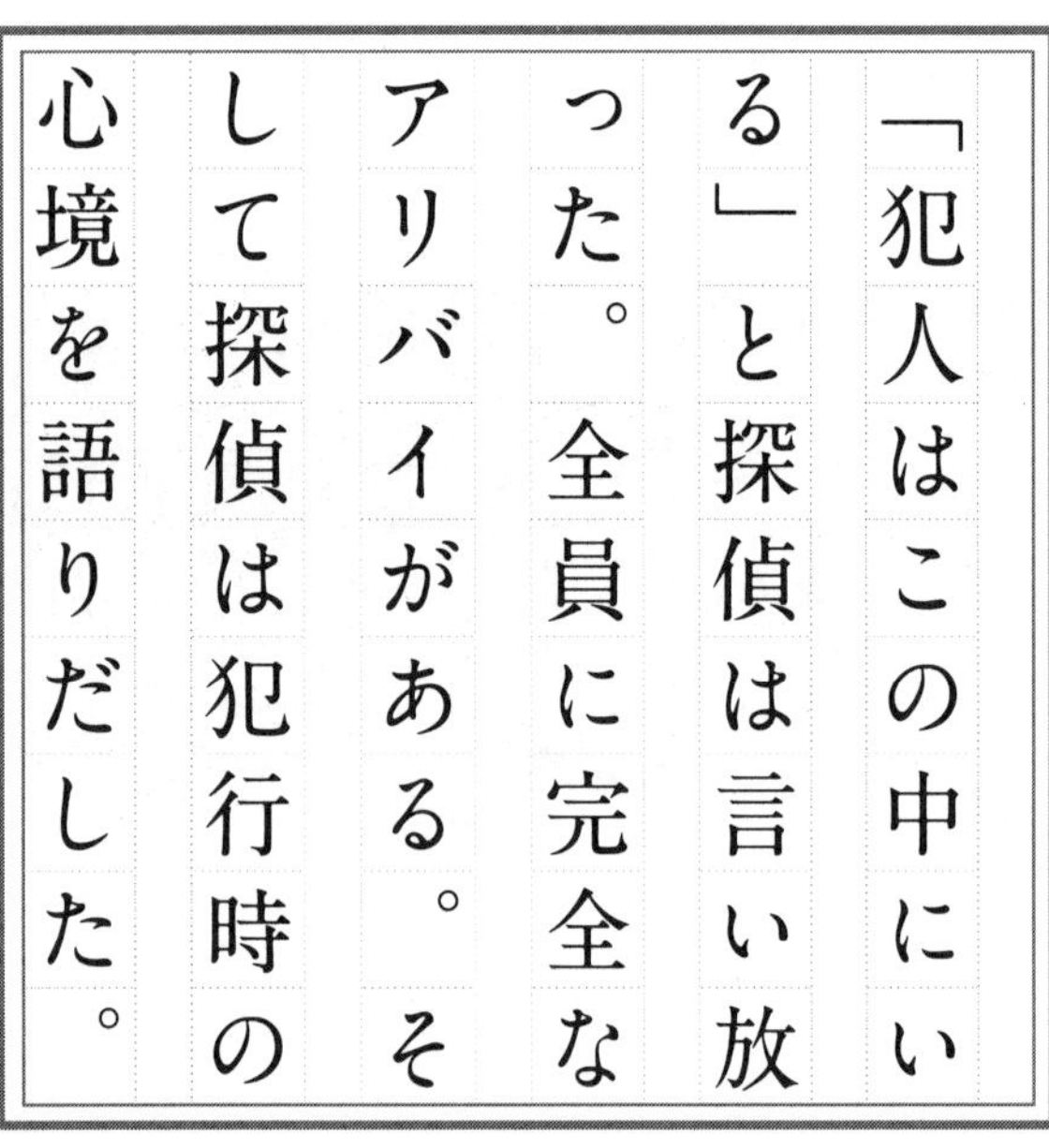

「犯人はこの中にいる」と探偵は言い放った。全員に完全なアリバイがある。そして探偵は犯行時の心境を語りだした。

作／unui

43　探偵は知っている

畑に強力な成長促進剤をまいた。野菜は大きく育っているものの、最近巨大な鳥の目撃情報が多発しているので心配だ。

作／前田瑞季

「私は神だ。お前の願いを何でも一つ叶えよう」「では、十年後の自分と話がしたい」「残念ながら、それはできない」

作／シロオバケ

47　叶えられない願い

僕は勉強ができない。明日の理科のテストを乗り切るために、量子光学を応用したカンニング用メガネを作る事にした。

作／氏田雄介

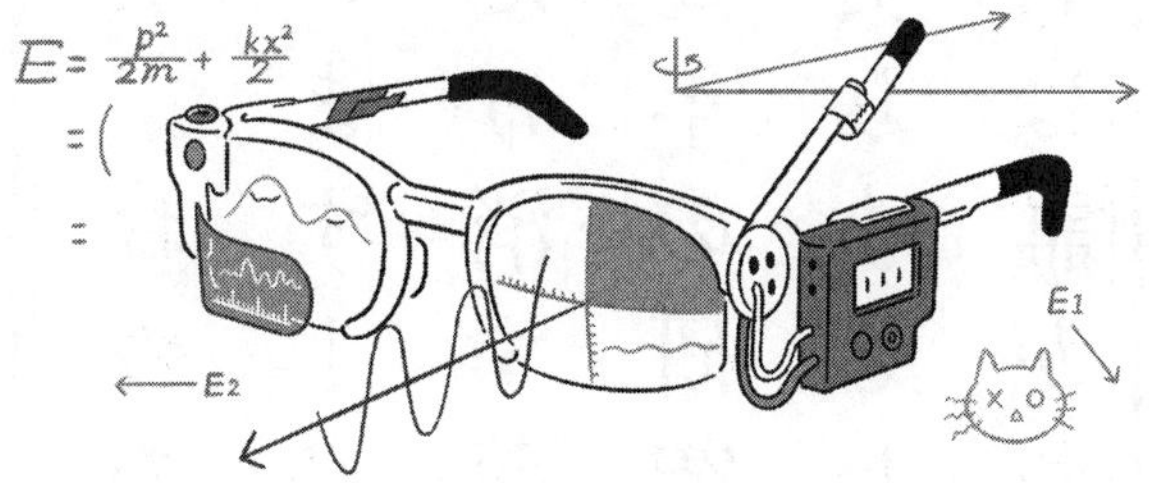
$E = \frac{p^2}{2m} + \frac{kx^2}{2}$
E_1
E_2

「博士、おめでとうございます！辛い思い出だけ消す薬の完成。長年の研究の苦労が実りましたね！」「君は誰かね？」

作／わたしたわし

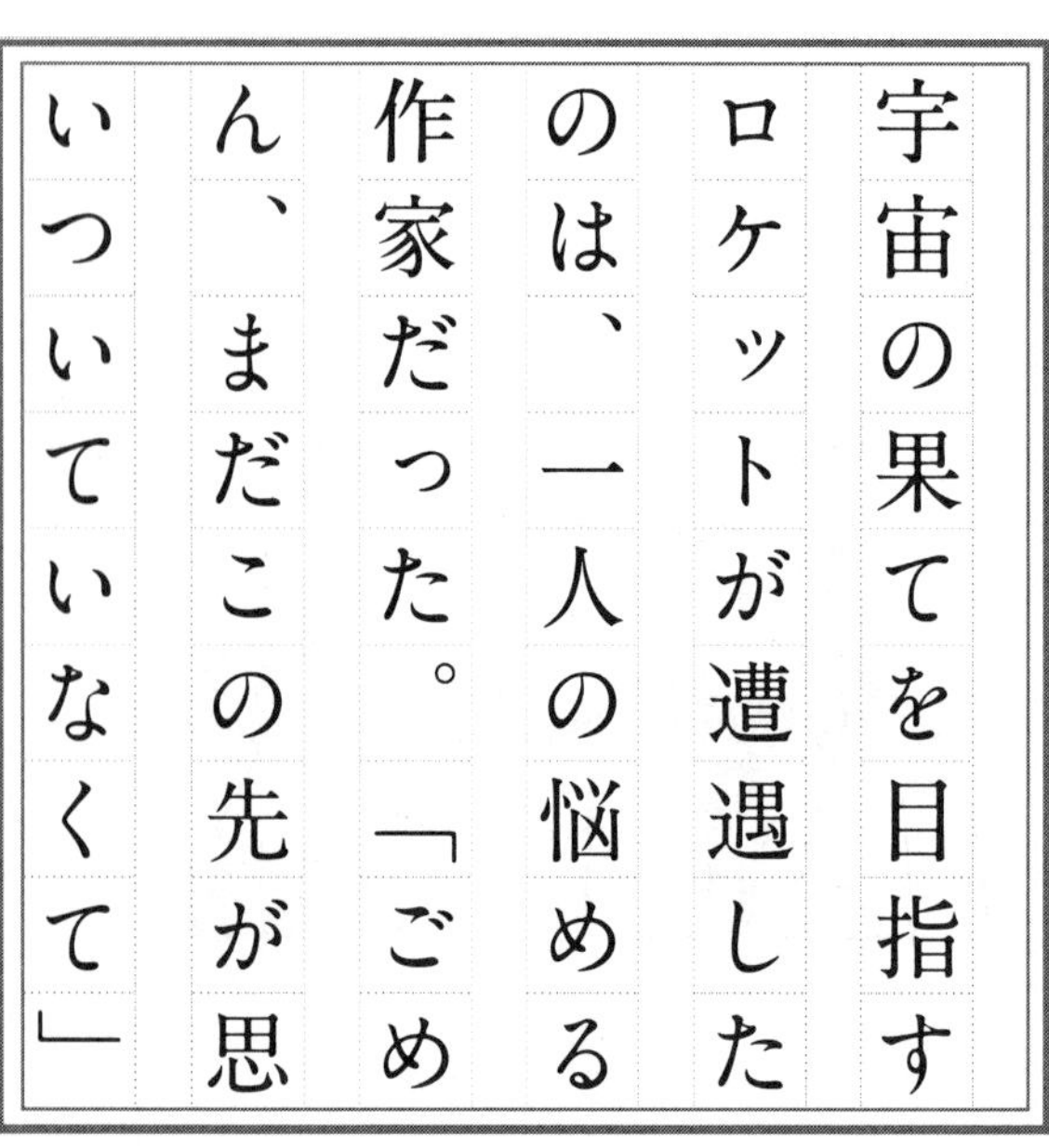
宇宙の果てを目指すロケットが遭遇したのは、一人の悩める作家だった。「ごめん、まだこの先が思いついていなくて」

作／渡邊志門

ある日、鮮魚店の店頭から、魚が全て盗まれてしまった。困った店主は残り物をかき集め、ジンギスカンの店を開いた。

作／高野ユタ

魚
魚
鮮

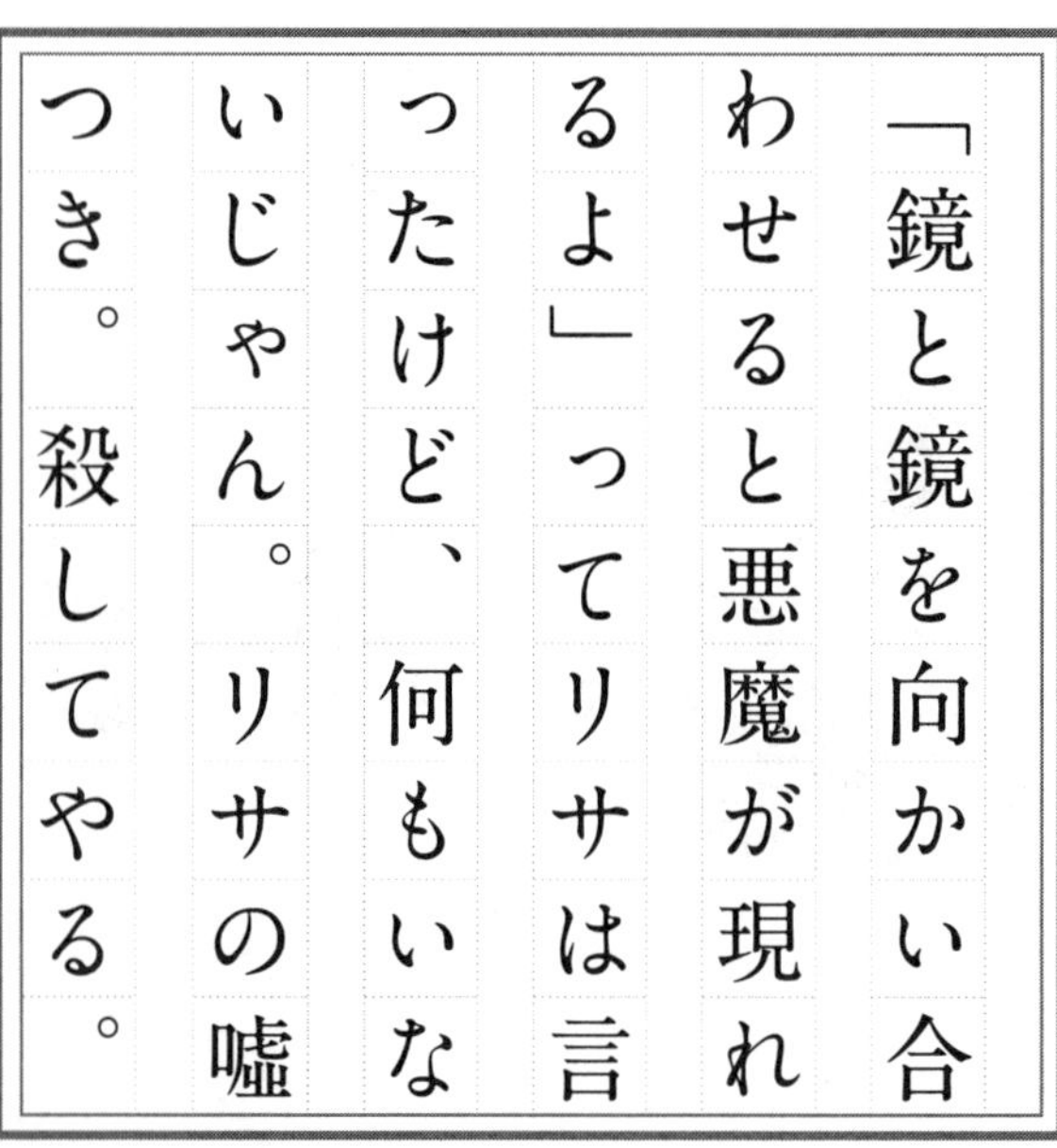

「鏡と鏡を向かい合わせると悪魔が現れるよ」ってリサは言ったけど、何もいないじゃん。リサの嘘つき。殺してやる。

作／西澤 隆

57　鏡の悪魔

北風と太陽にもてあそばれた男は上機嫌だった。「これだけの風力と太陽光があれば……」彼は電力会社の社長だった。

作／氏田雄介

「赤ちゃんが乗っています」なんてシールがご丁寧に貼ってある。どんな赤ちゃんかなと想像しながら私は桃を拾った。

作／はむたろす

BABY IN MOMO

鬼が襲ってくるような村なのにあの二人が無事でいられるのは、中身を傷つけずに桃を切る腕があるからに他ならない。

作／きよちゃん＠シモキタCC

卵を割ると中から卵が出てきた。それを割ってもまた卵。別の卵を使おうと冷蔵庫を開けると、冷えた冷蔵庫が見える。

作／式さん

無料なのに当たると噂の占い師に見てもらった。「近々、金銭トラブルに巻き込まれるでしょう……料金は一万円です」

作／贈りびと

67　金銭トラブル

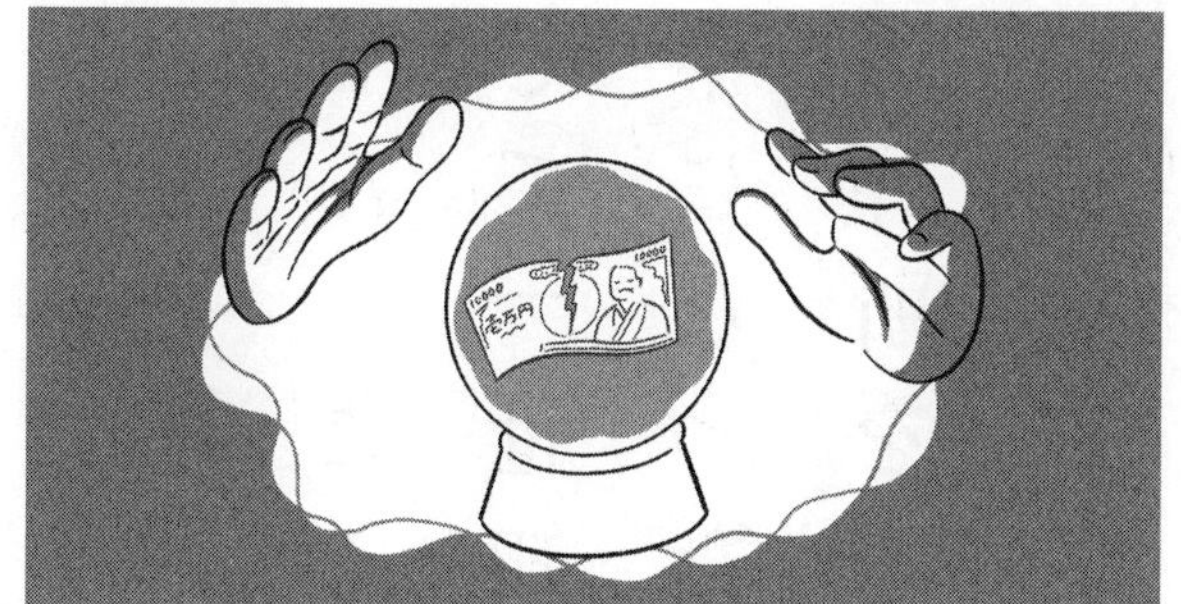

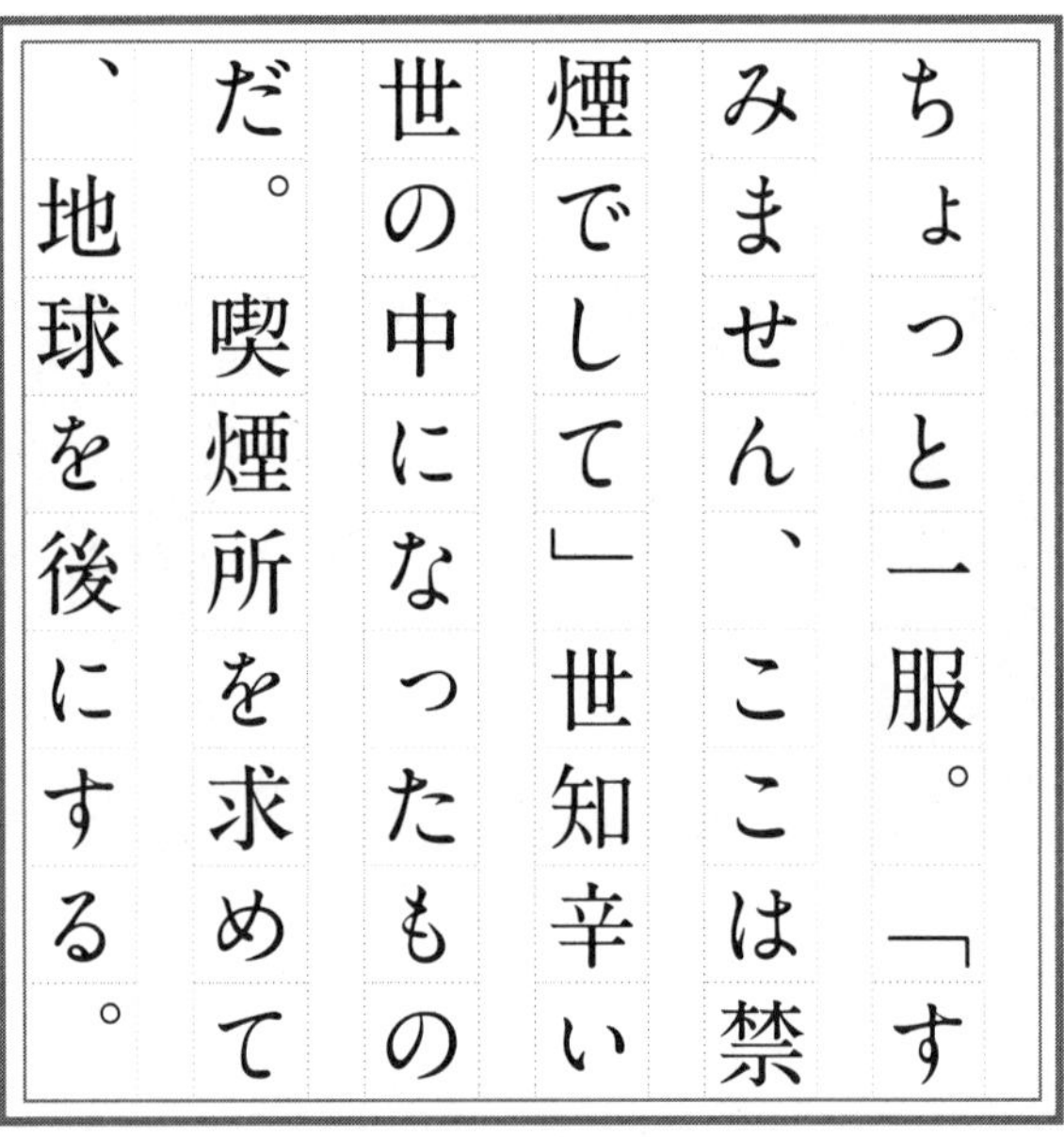

ちょっと一服。「すみません、ここは禁煙でして」世知辛い世の中になったものだ。喫煙所を求めて、地球を後にする。

作／式さん

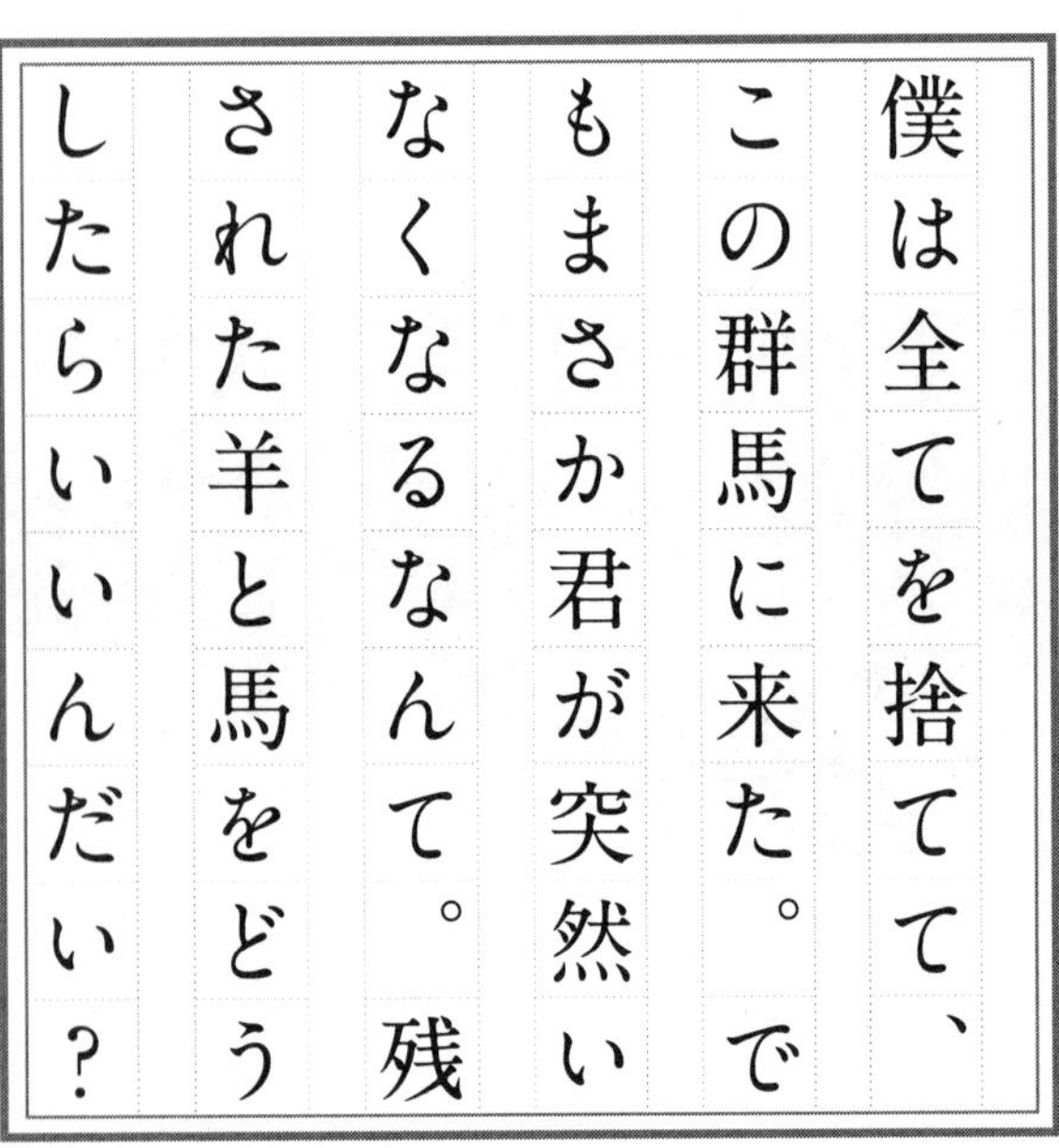
僕は全てを捨てて、この群馬に来た。でもまさか君が突然いなくなるなんて。残された羊と馬をどうしたらいいんだい？

作／藤長せいや

71　君と羊と馬と

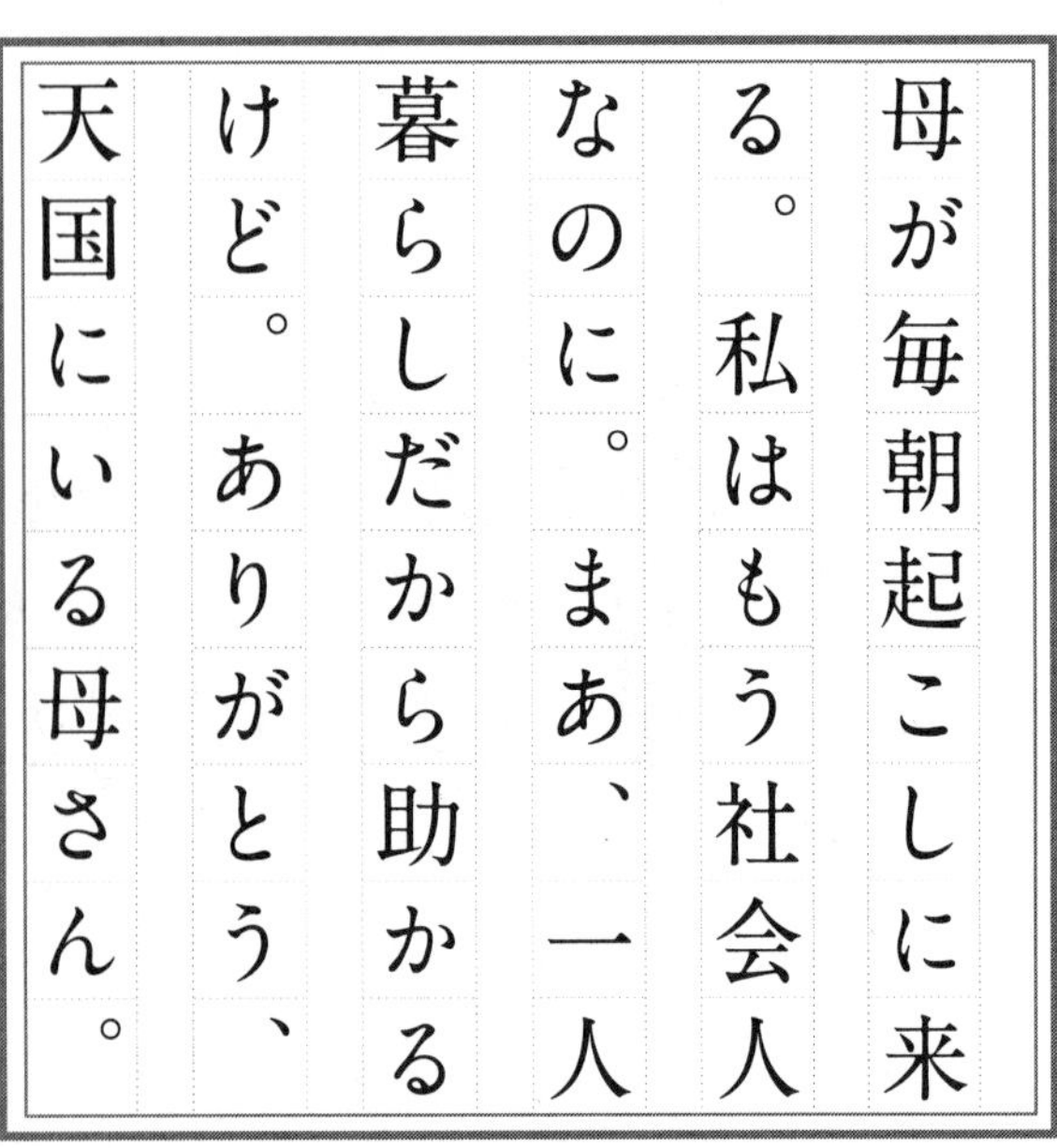

作／ATSUKO

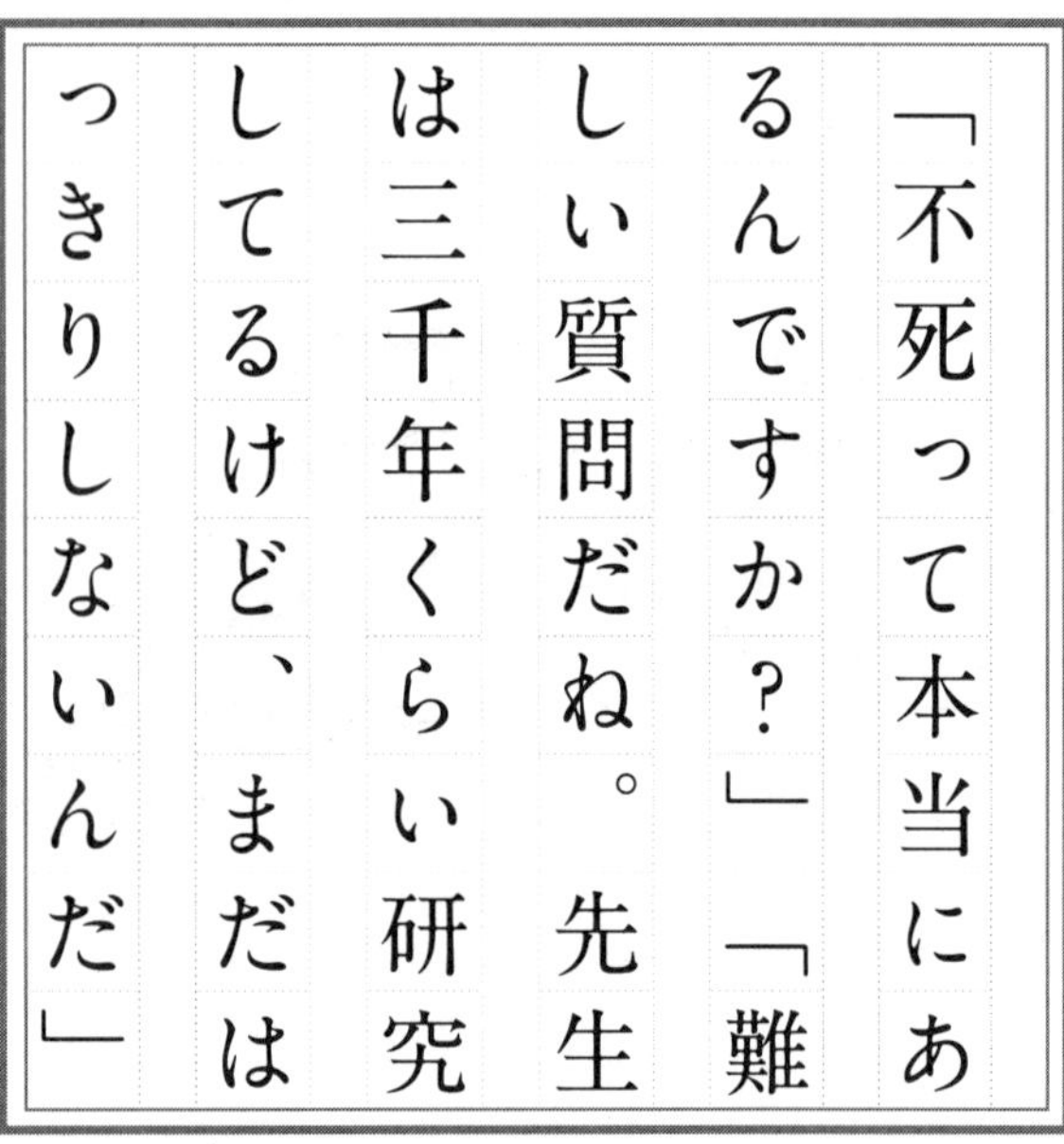

「不死って本当にあるんですか？」「難しい質問だね。先生は三千年くらい研究してるけど、まだはっきりしないんだ」

作／ばんがい

人間以外の種族も、コールドスリープによって星間移動をする時代。寒さに慣れた雪女が、寝付けずに悶々としている。

作／式さん

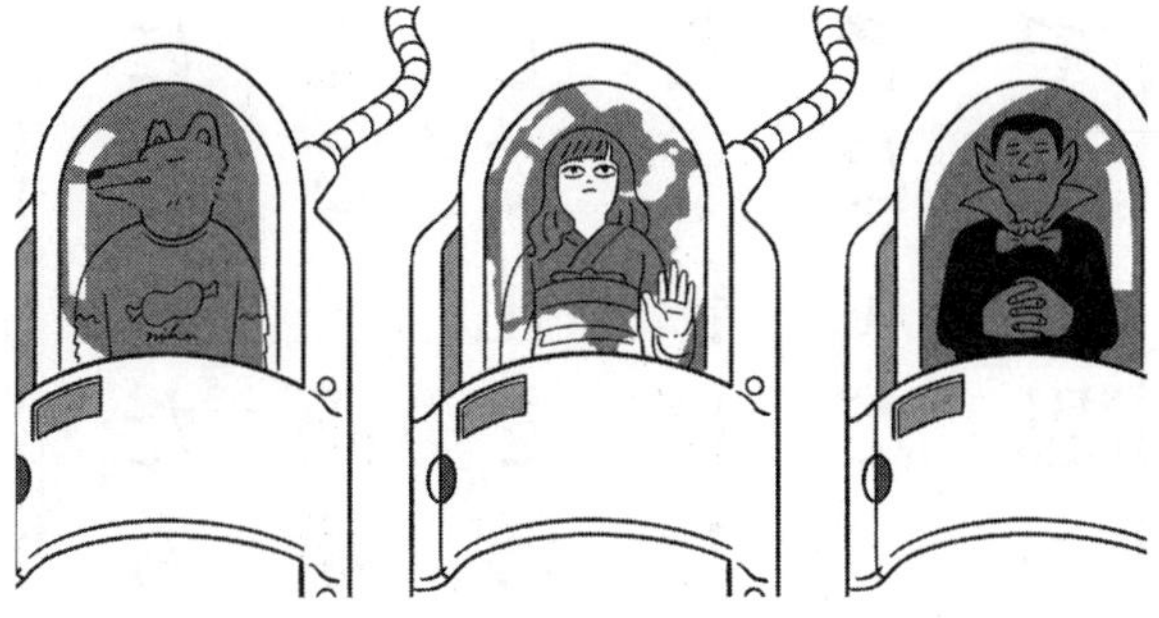

式場に友人たちの姿が見える。両親も涙を流して花を渡してくれた。私はなんて幸せ者なんだ。棺桶の中でそう思った。

作／わい

79　式場

言い伝えを信じて「死にたくない」と三度呟く。残念だけど自分自身には効かないようだ。僕は尾を引き夜空に消えた。

作／空屋巡

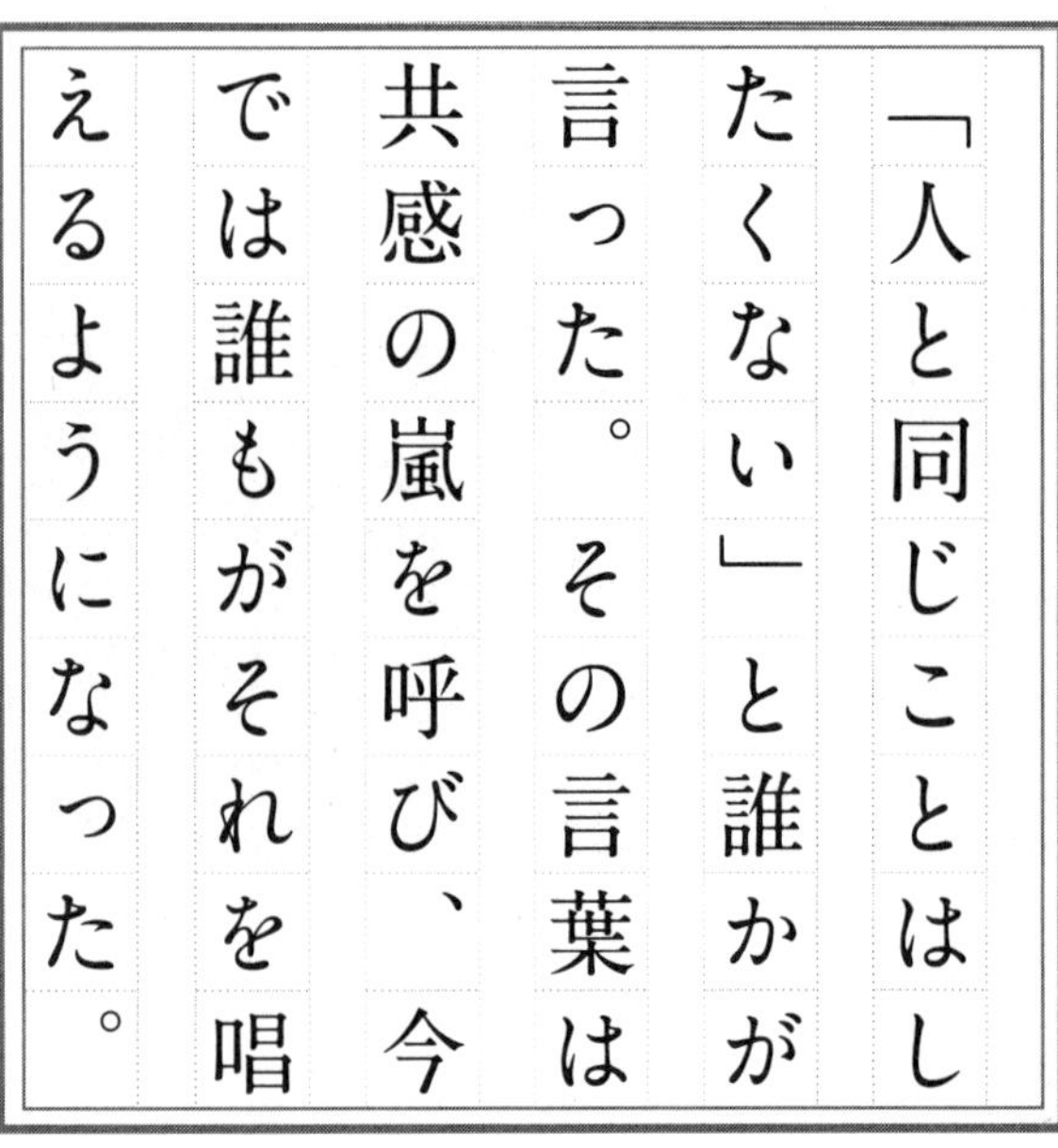

「人と同じことはしたくない」と誰かが言った。その言葉は共感の嵐を呼び、今では誰もがそれを唱えるようになった。

作／MOCHI

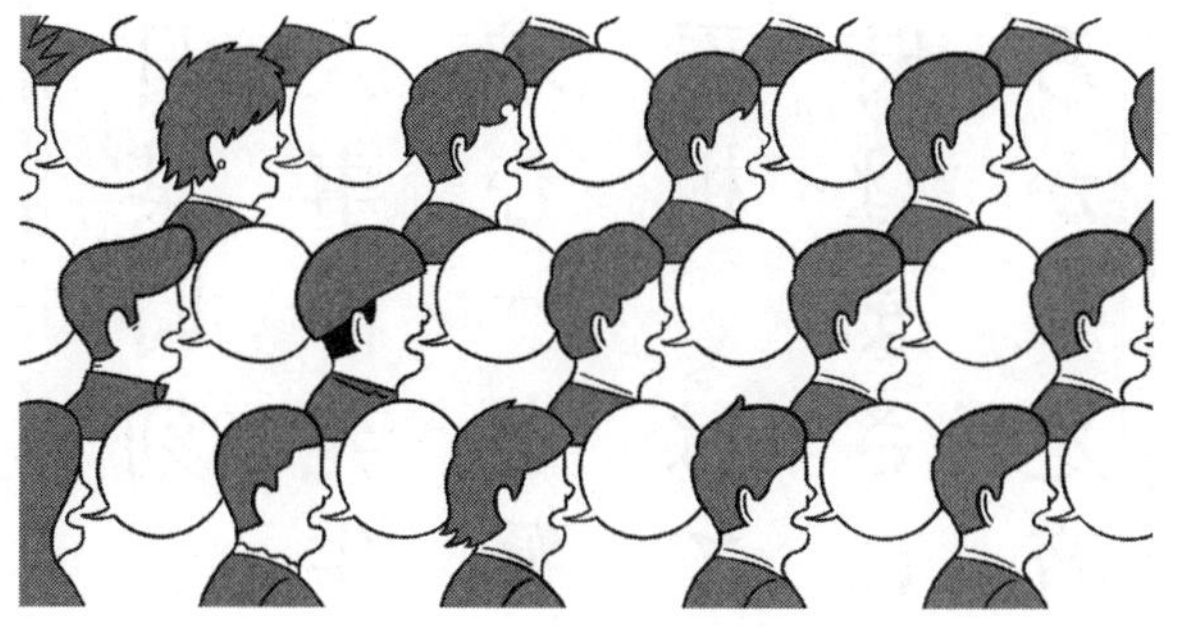

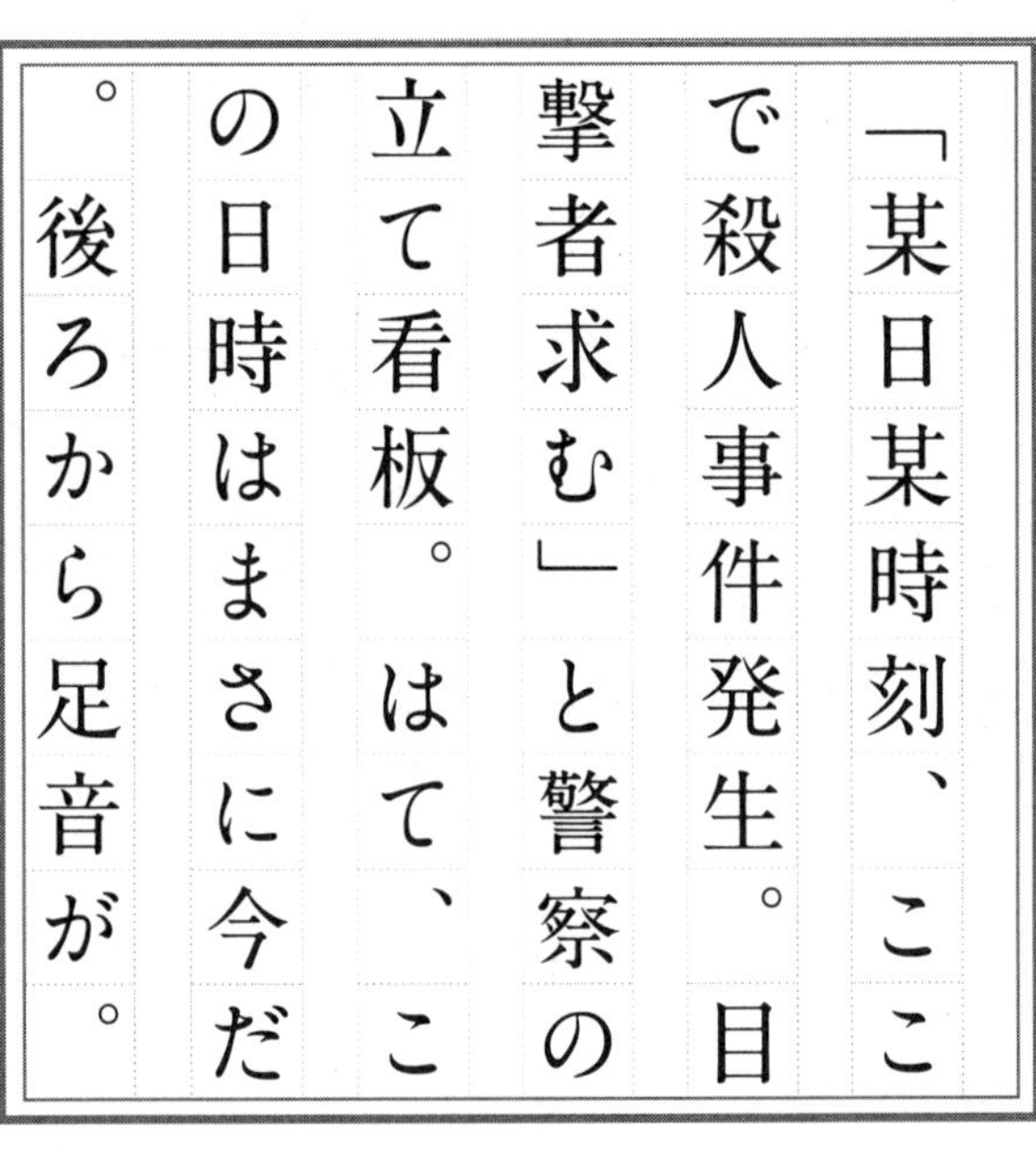
「某日某時刻、ここで殺人事件発生。目撃者求む」と警察の立て看板。はて、この日時はまさに今だ。後ろから足音が。

作／FUSAKO

予告看板

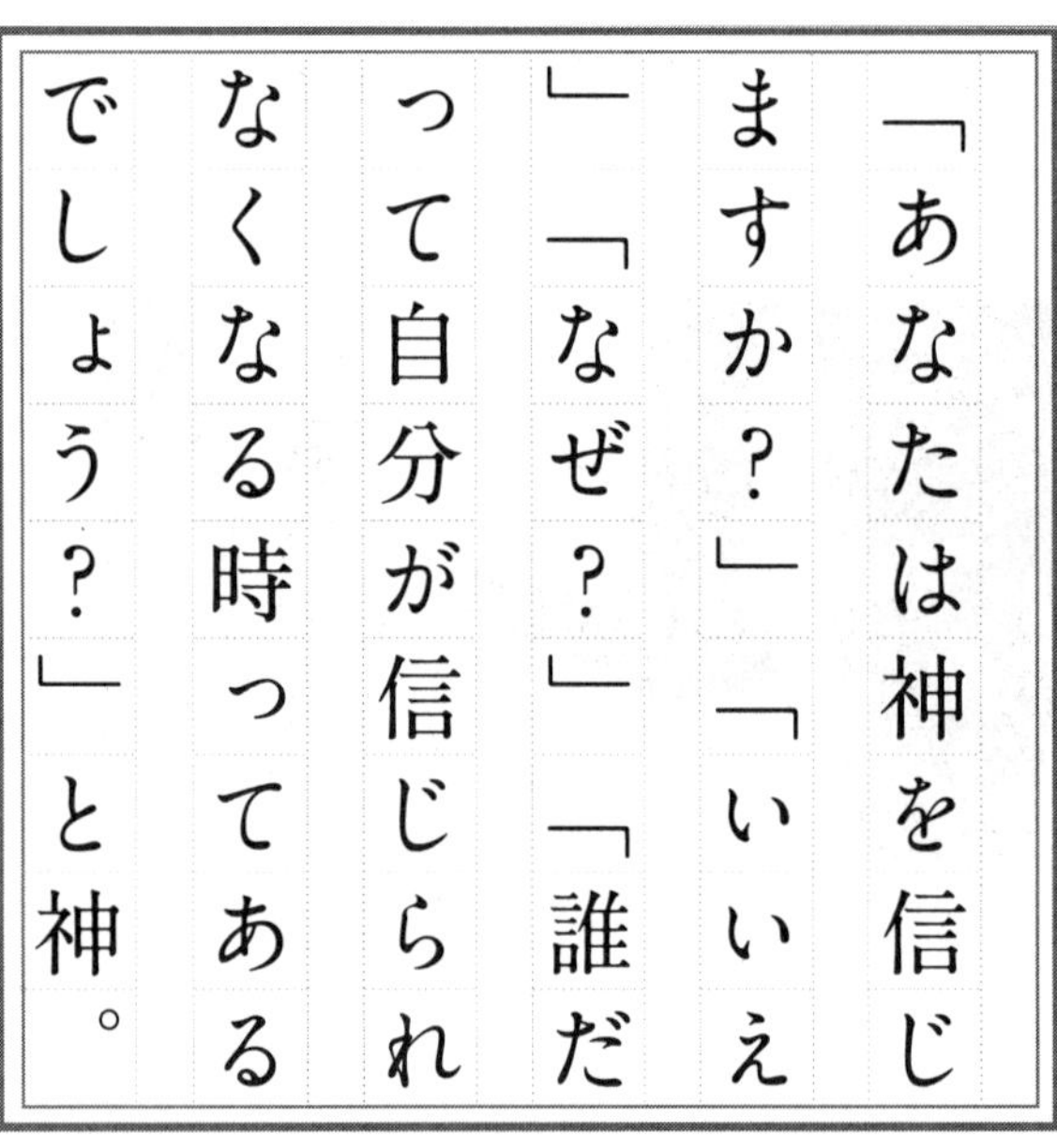

「あなたは神を信じますか？」「いいえ」「なぜ？」「誰だって自分が信じられなくなる時ってあるでしょう？」と神。

作／氏田雄介

87　自分自信

突然の停電でありとあらゆる機械が止まってしまった。外は暗闇に包まれ、信号も電車も人間も、ピクリとも動かない。

作／式さん

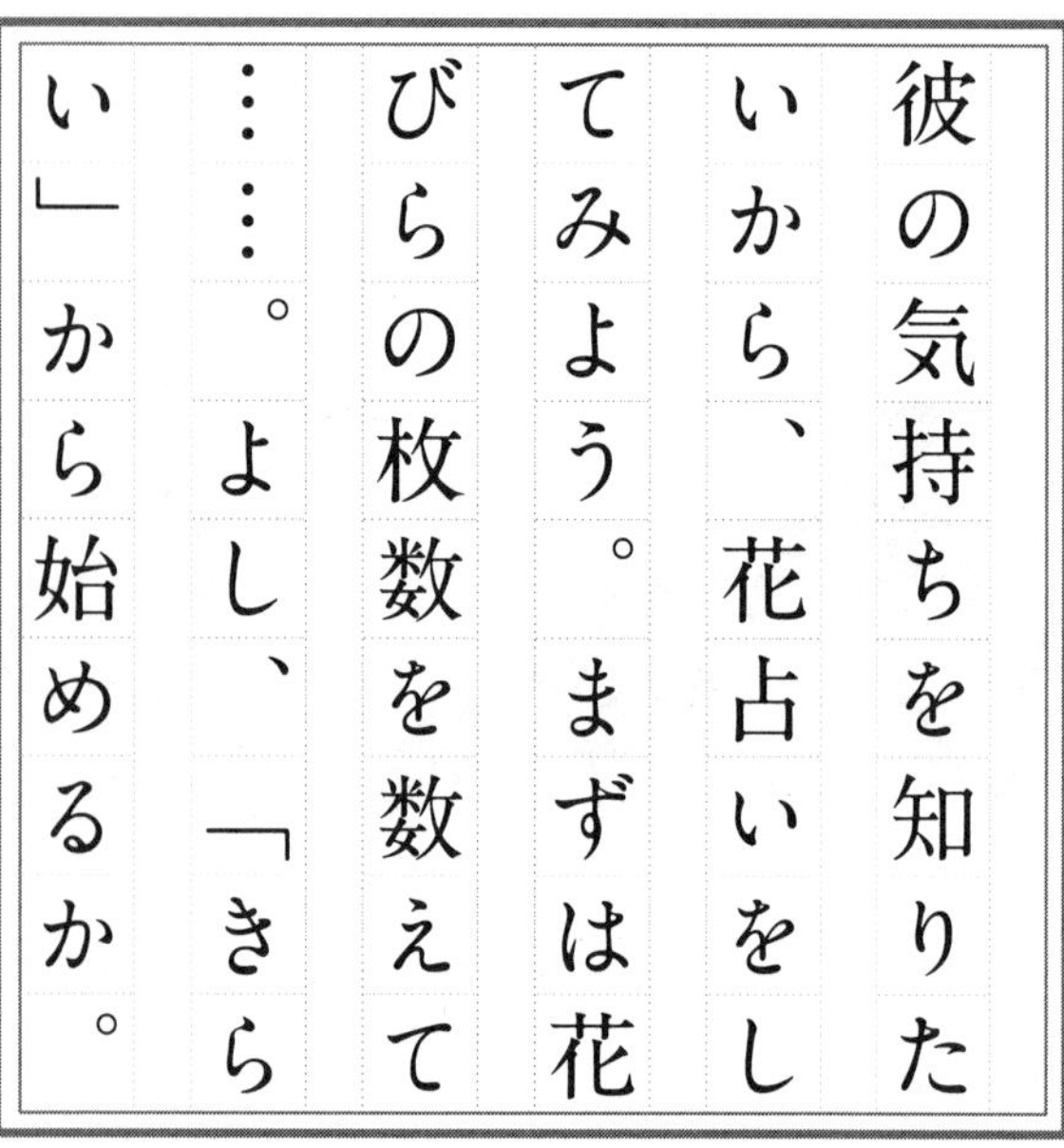

彼の気持ちを知りたいから、花占いをしてみよう。まずは花びらの枚数を数えて……。よし、「きらい」から始めるか。

作／夏生さえり

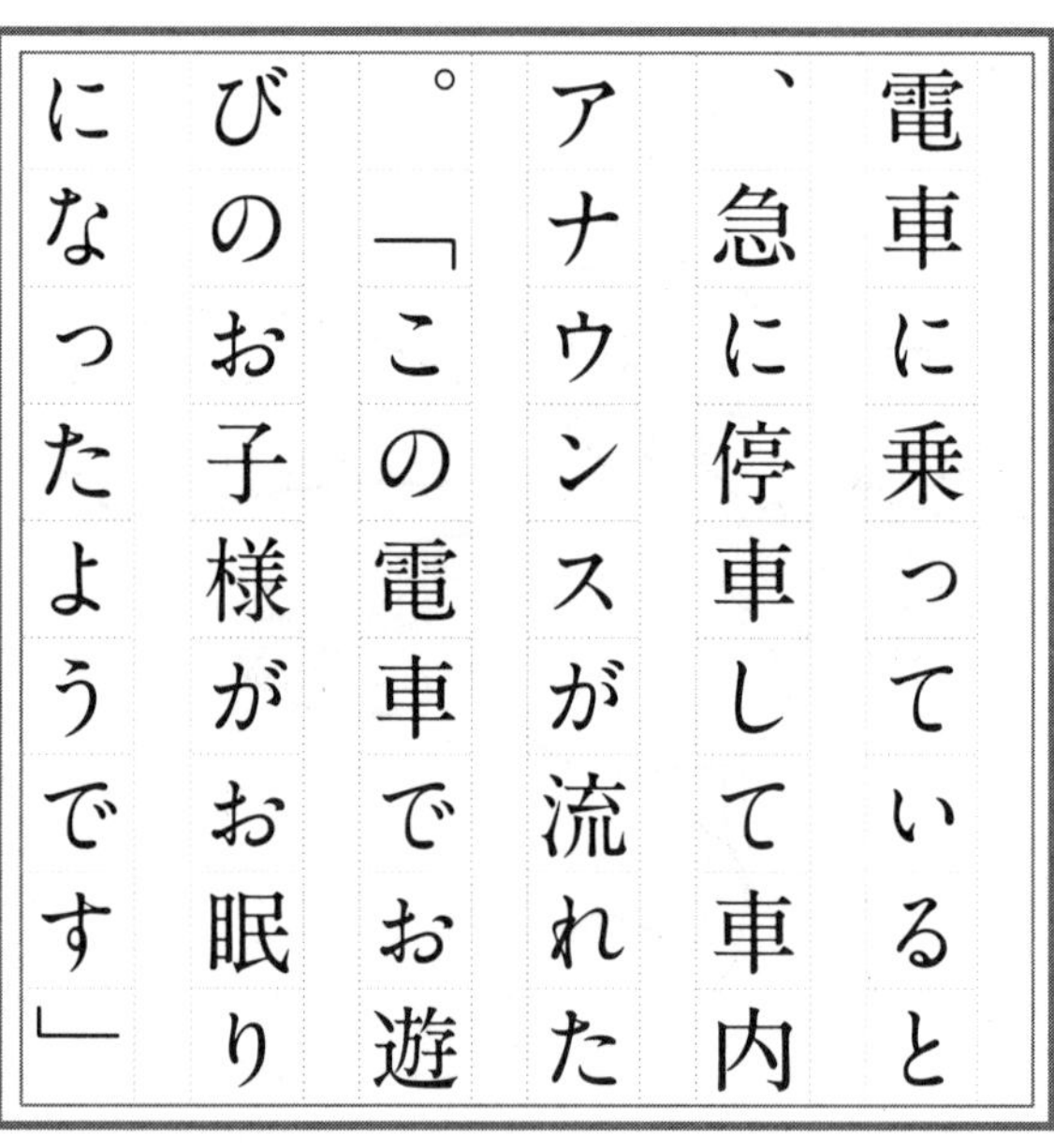

電車に乗っていると、急に停車して車内アナウンスが流れた。「この電車でお遊びのお子様がお眠りになったようです」

作／トゥーイ

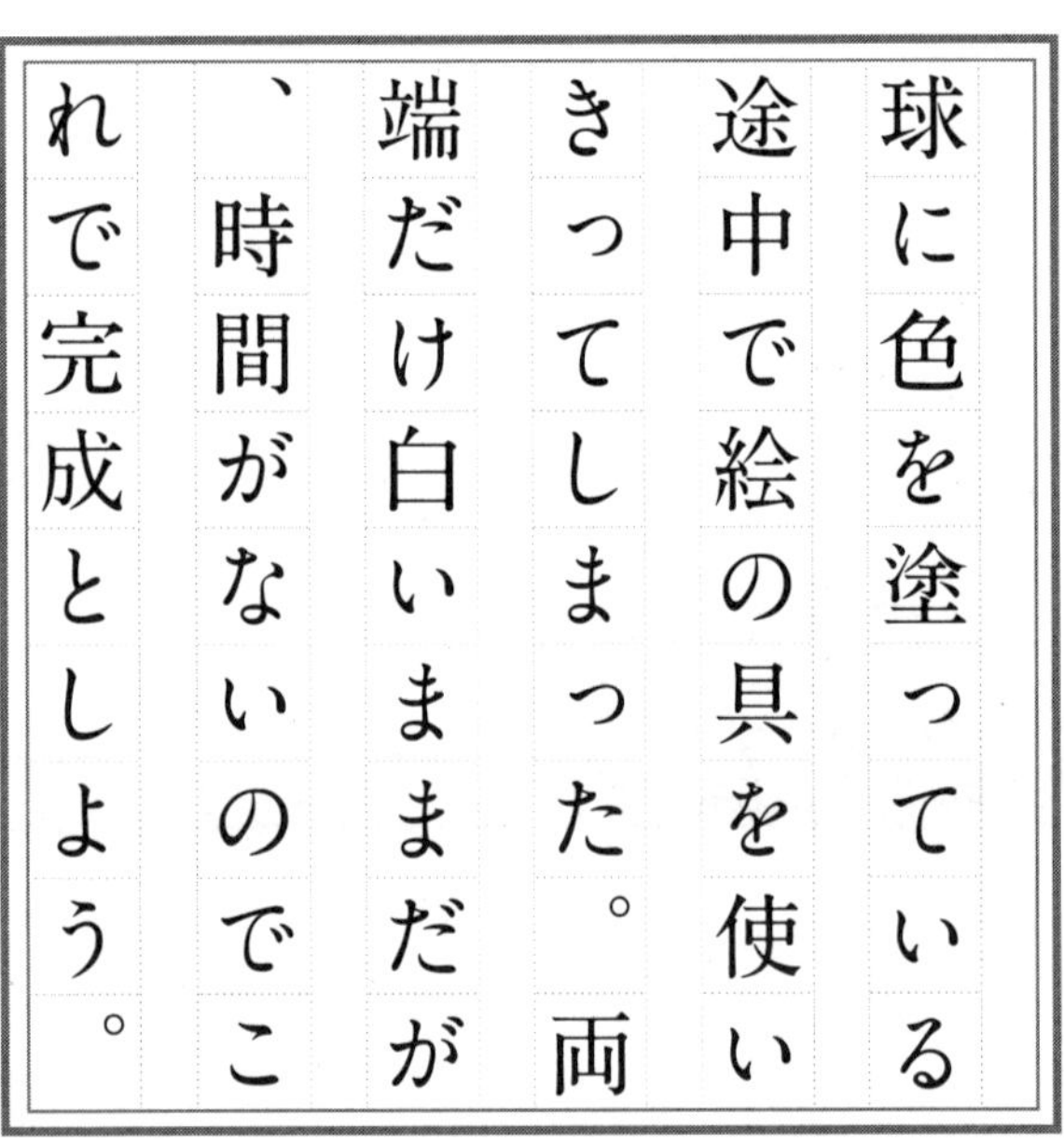

球に色を塗っている途中で絵の具を使いきってしまった。両端だけ白いままだが、時間がないのでこれで完成としよう。

作／氏田雄介

95　塗り残し

「私に似た人がいた？　左利き？　じゃあ違う。私は右利きよ」

電話を切って鏡を見ると、そこには何も映っていなかった。

作／コーチョー

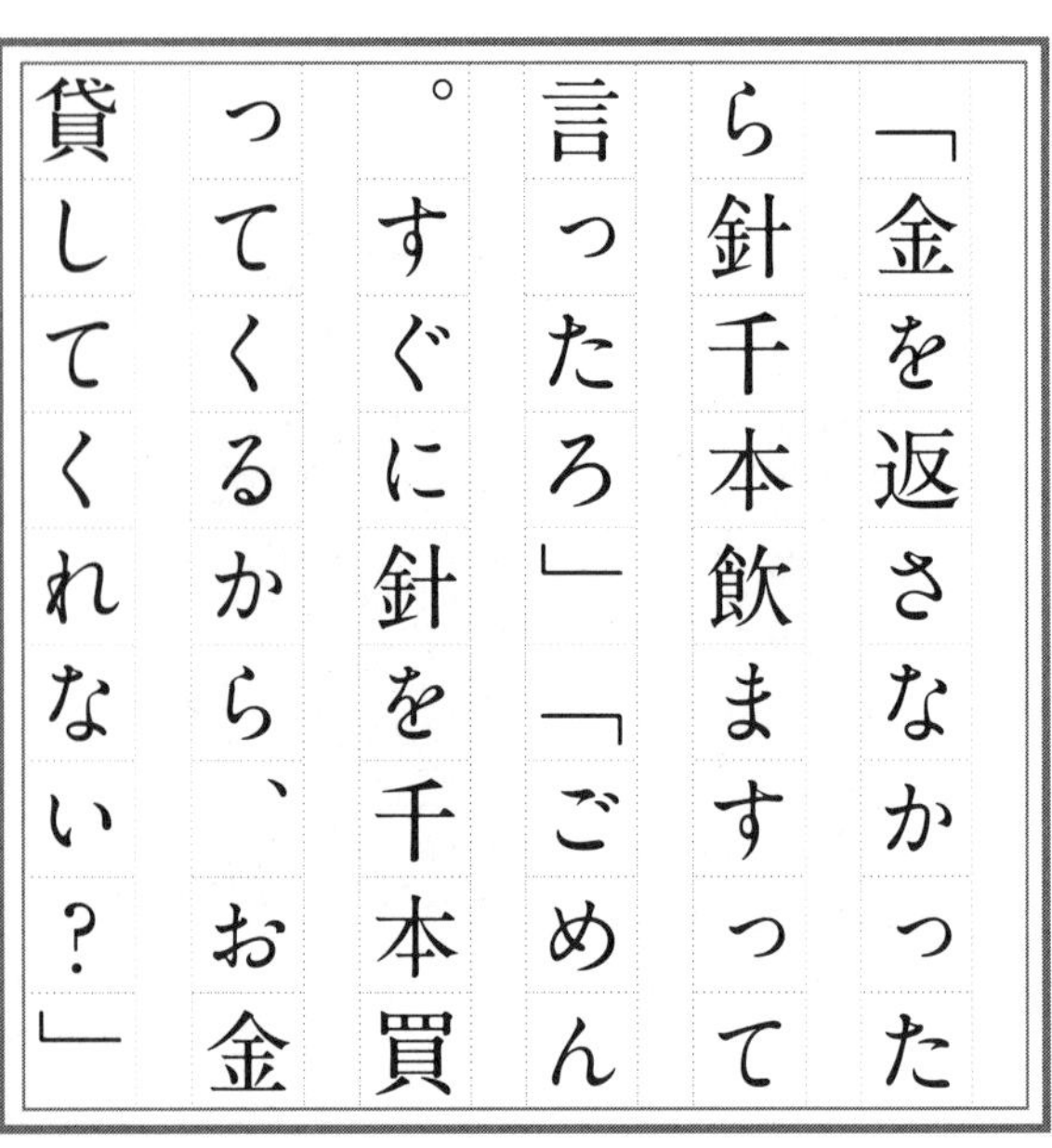

「金を返さなかったら針千本飲ますって言ったろ」「ごめん。すぐに針を千本買ってくるから、お金貸してくれない？」

作／ぽろハム

x 1000

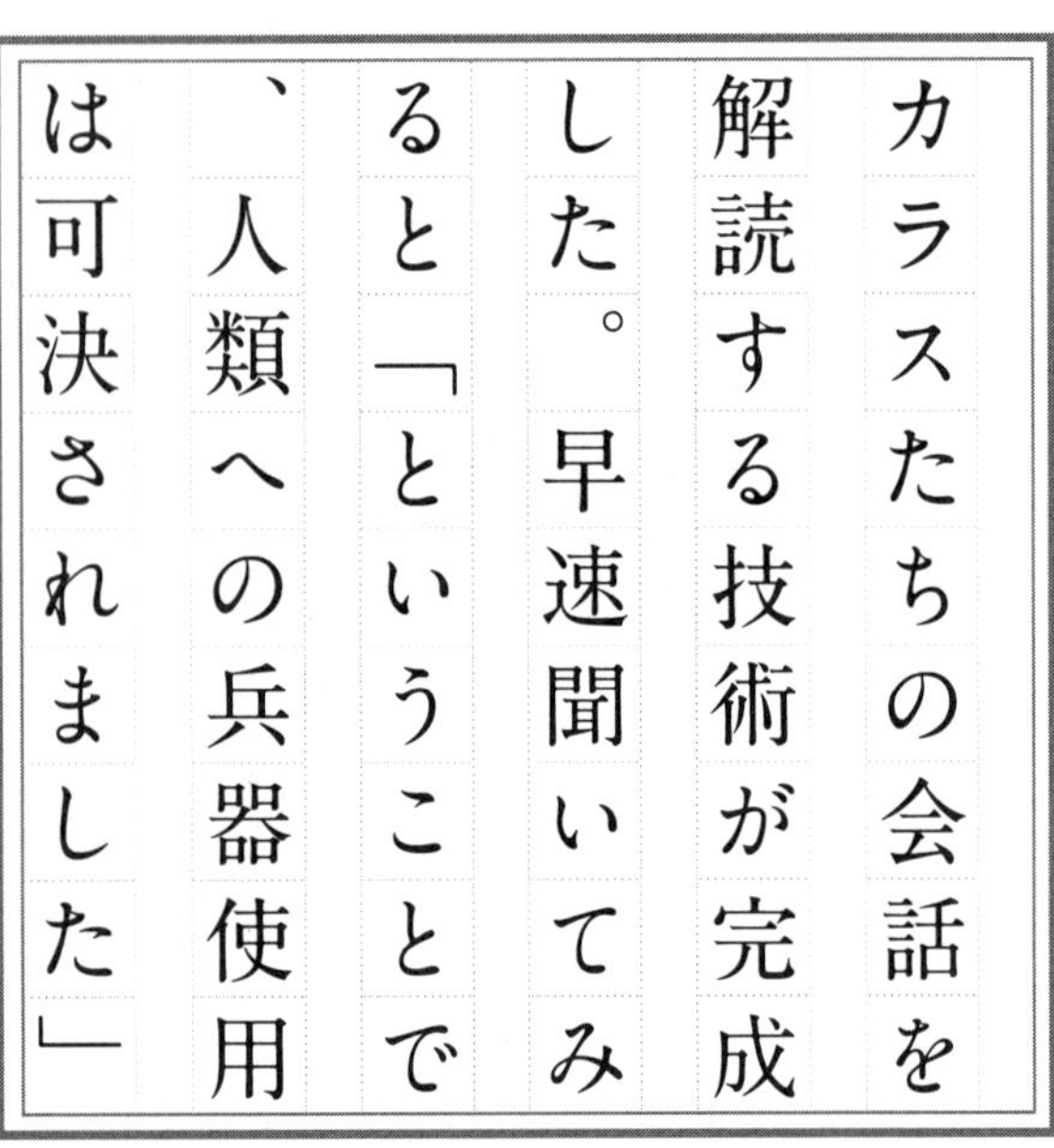
カラスたちの会話を
解読する技術が完成
した。早速聞いてみ
ると「ということで
、人類への兵器使用
は可決されました」

作／氏田雄介

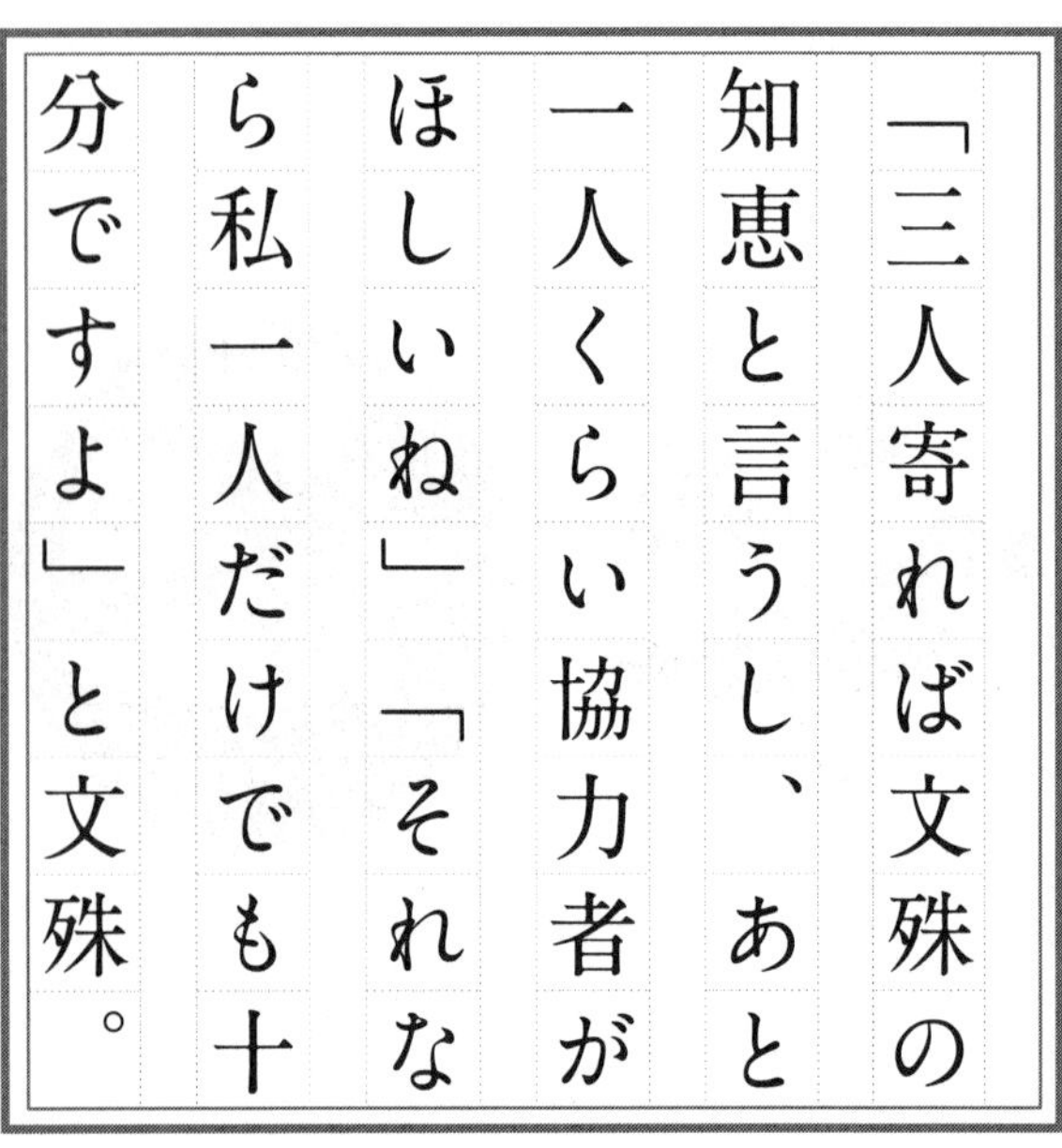

「三人寄れば文殊の知恵と言うし、あと一人くらい協力者がほしいね」「それなら私一人だけでも十分ですよ」と文殊。

作／氏田雄介

MON
文
JU
殊

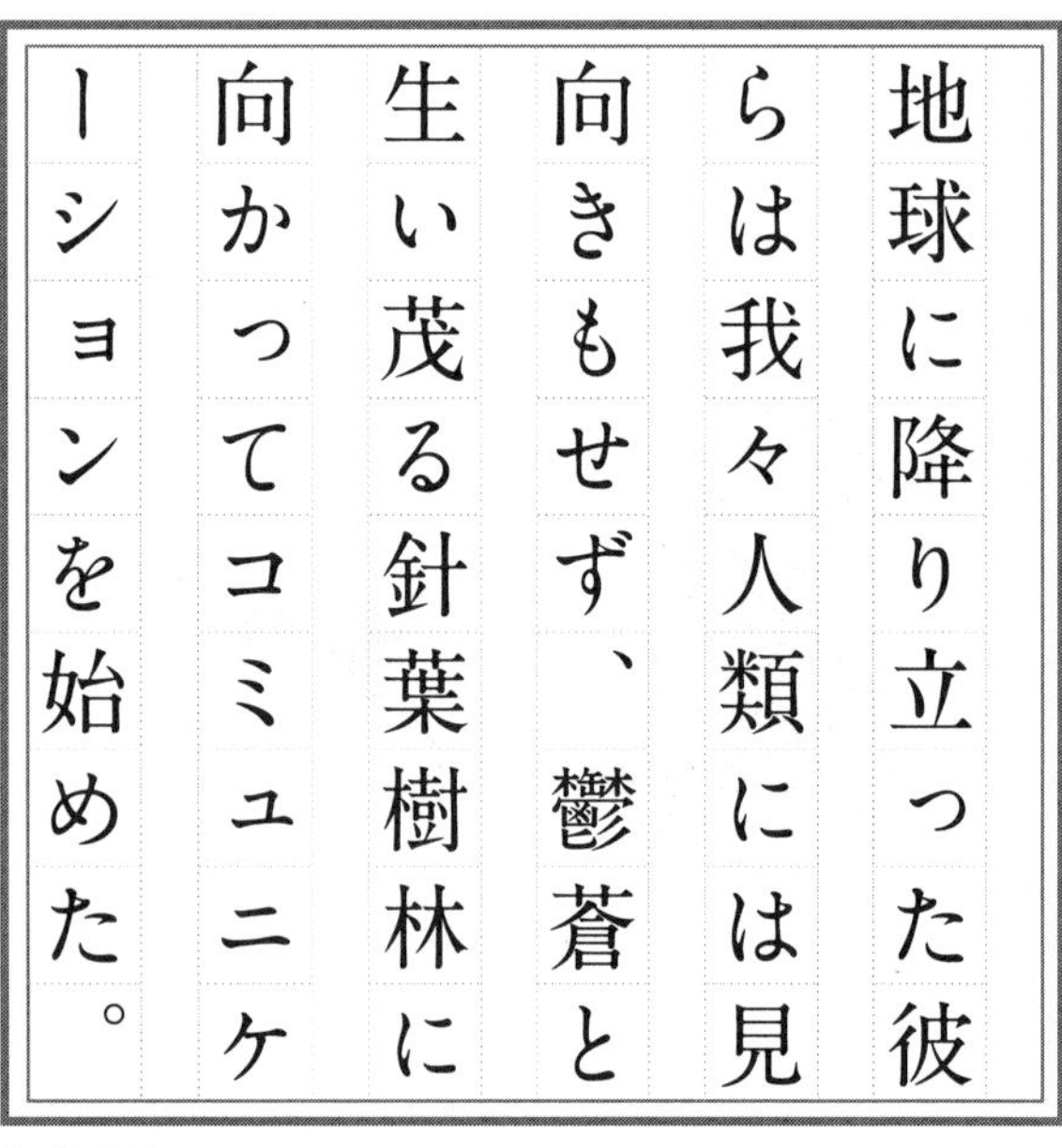

地球に降り立った彼らは我々人類には見向きもせず、鬱蒼と生い茂る針葉樹林に向かってコミュニケーションを始めた。

作／包装紙

歩いていると、後ろから「落としましたよ」と声をかけられた。振り向くと、命を落とした自分の体が横たわっている。

作／式さん

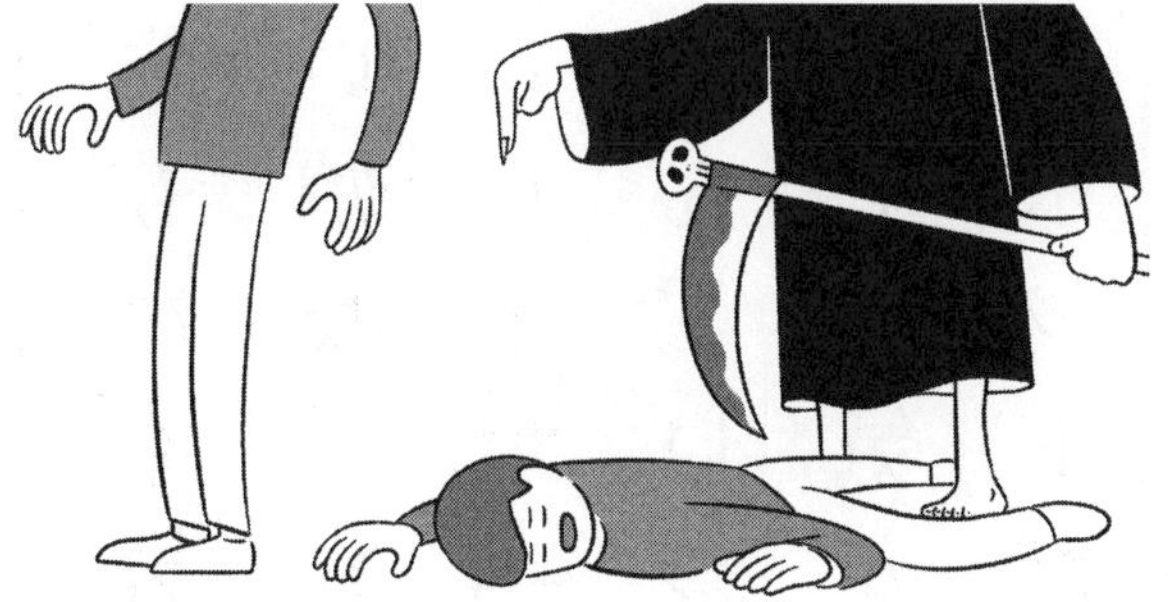

「愛想もなく気が利かない娘ね。ロボットかしら？」「違うよ母さん、いつも笑顔でとても気が利くのがロボットだよ」

作／shio-konbu

自動販売機でジュースを買ったら、放り投げるように転がり出てきた。この「つめた〜い」はそういう意味だったのか。

作／空屋巡

HORAYO.

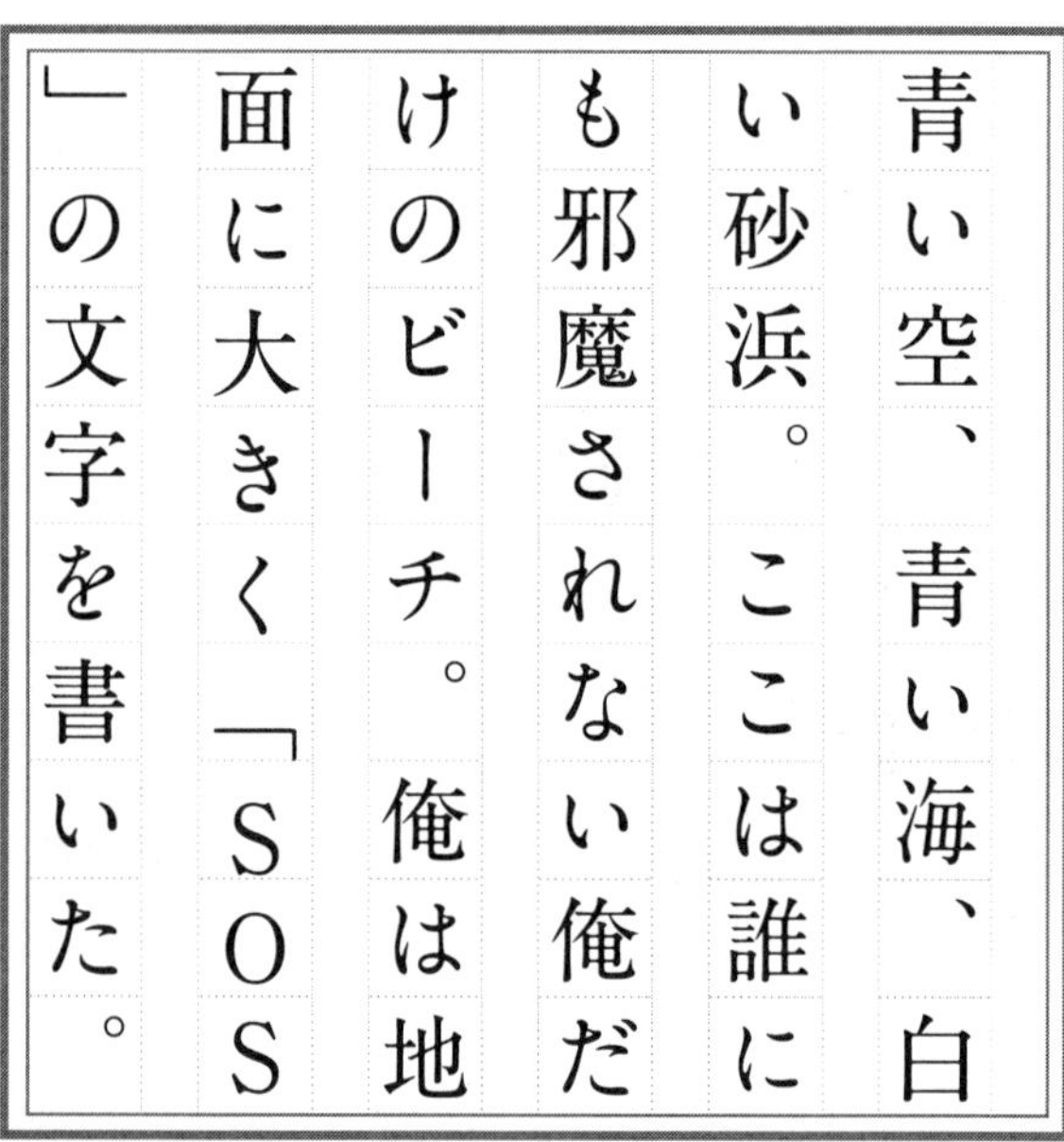
青い空、青い海、白い砂浜。ここは誰にも邪魔されない俺だけのビーチ。俺は地面に大きく「SOS」の文字を書いた。

作／ふるやまゆうすけ

SOS

家に帰ると壺は割られ、タンスからは金品が消えていた。「くそっ！またかよ。勇者だからって好き勝手やりやがって」

作／ベントナイト

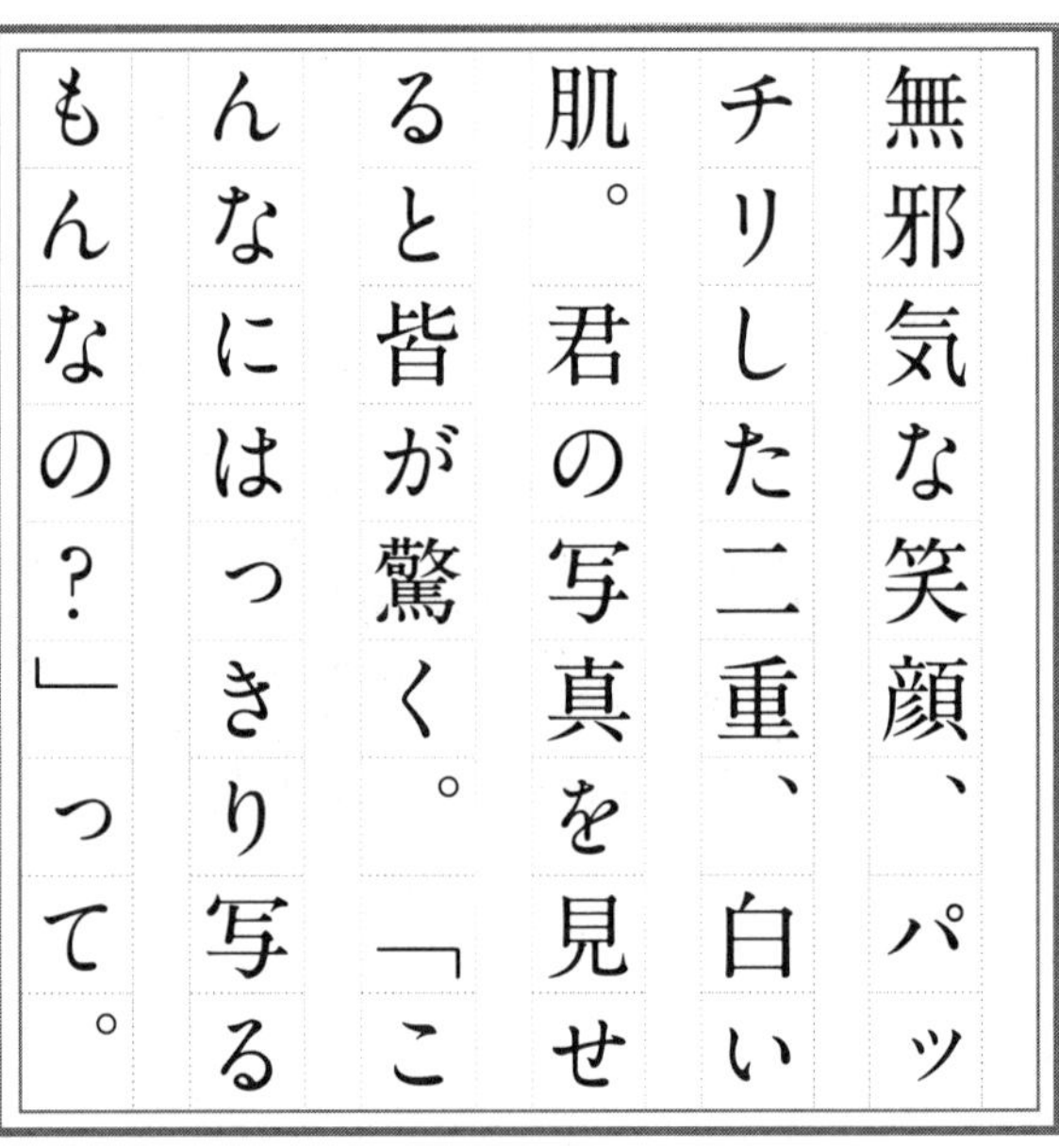

無邪気な笑顔、パッチリした二重、白い肌。君の写真を見せると皆が驚く。「こんなにはっきり写るもんなの？」って。

作／水谷健吾

友達が僕の家で幽霊を見たと言うので家族と一緒に家のお祓いをした。お祓いが終わると家には僕一人しか居なかった。

作／おまつり

私の元に大きな蚊がやってきた。神様は私の願いを読み間違えたのだ。「神様、私は強大な『力』が欲しかったのです」

作／ワタナベ トモヤ

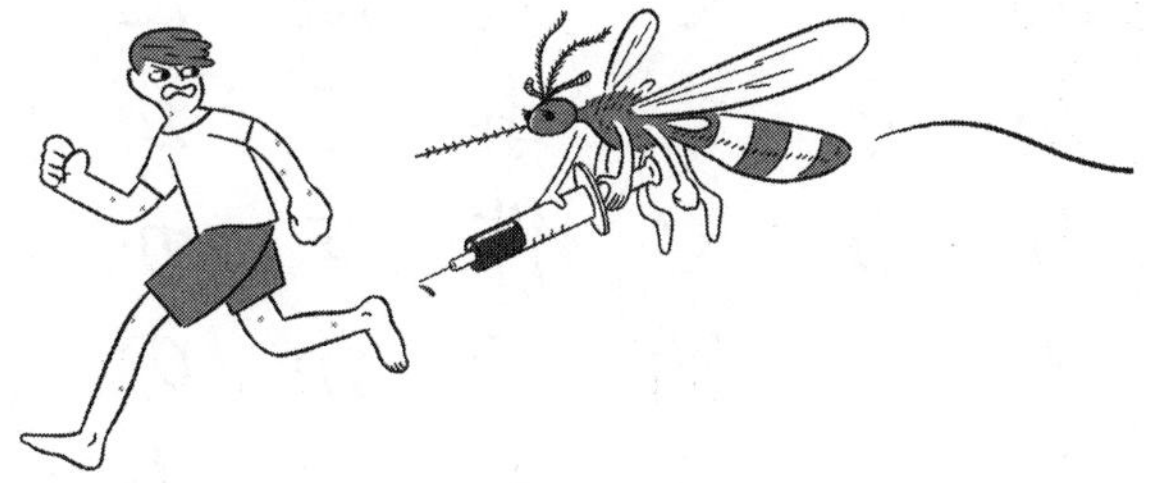

あなたがかの有名な名探偵ですか。先日の殺人事件でも怪しい奴をすぐ捕まえてくれたそうで。いやあ、助かりました。

作／ない本

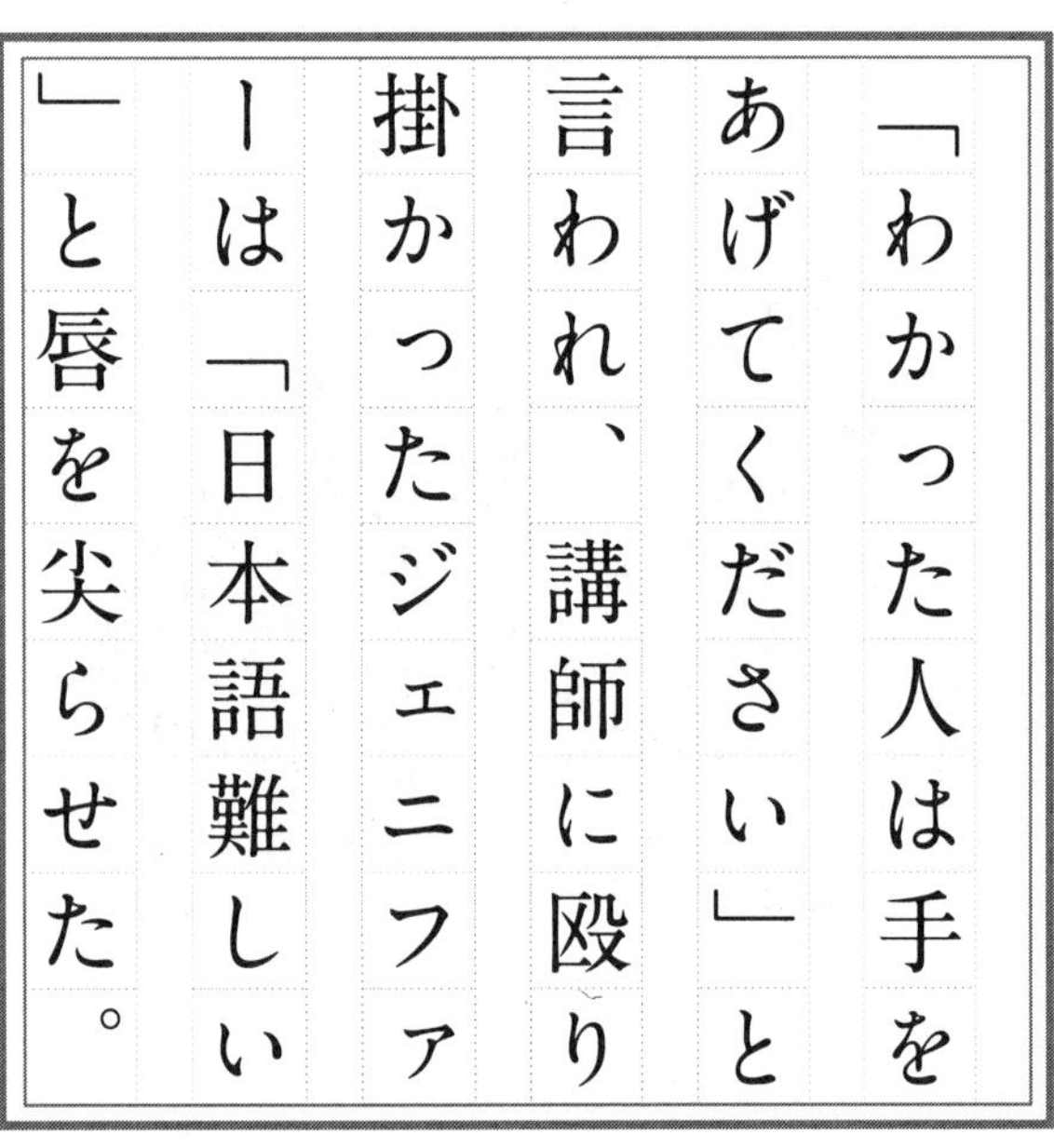

「わかった人は手をあげてください」と言われ、講師に殴り掛かったジェニファーは「日本語難しい」と唇を尖らせた。

作／芝楽みちなり

DOGEZA...

「完成だ！この装置で世界から悪が取り除かれるぞ！」ドジな博士が装置を起動した日から、料理の手間が少し減った。

作／白玉

127　アクは許さない

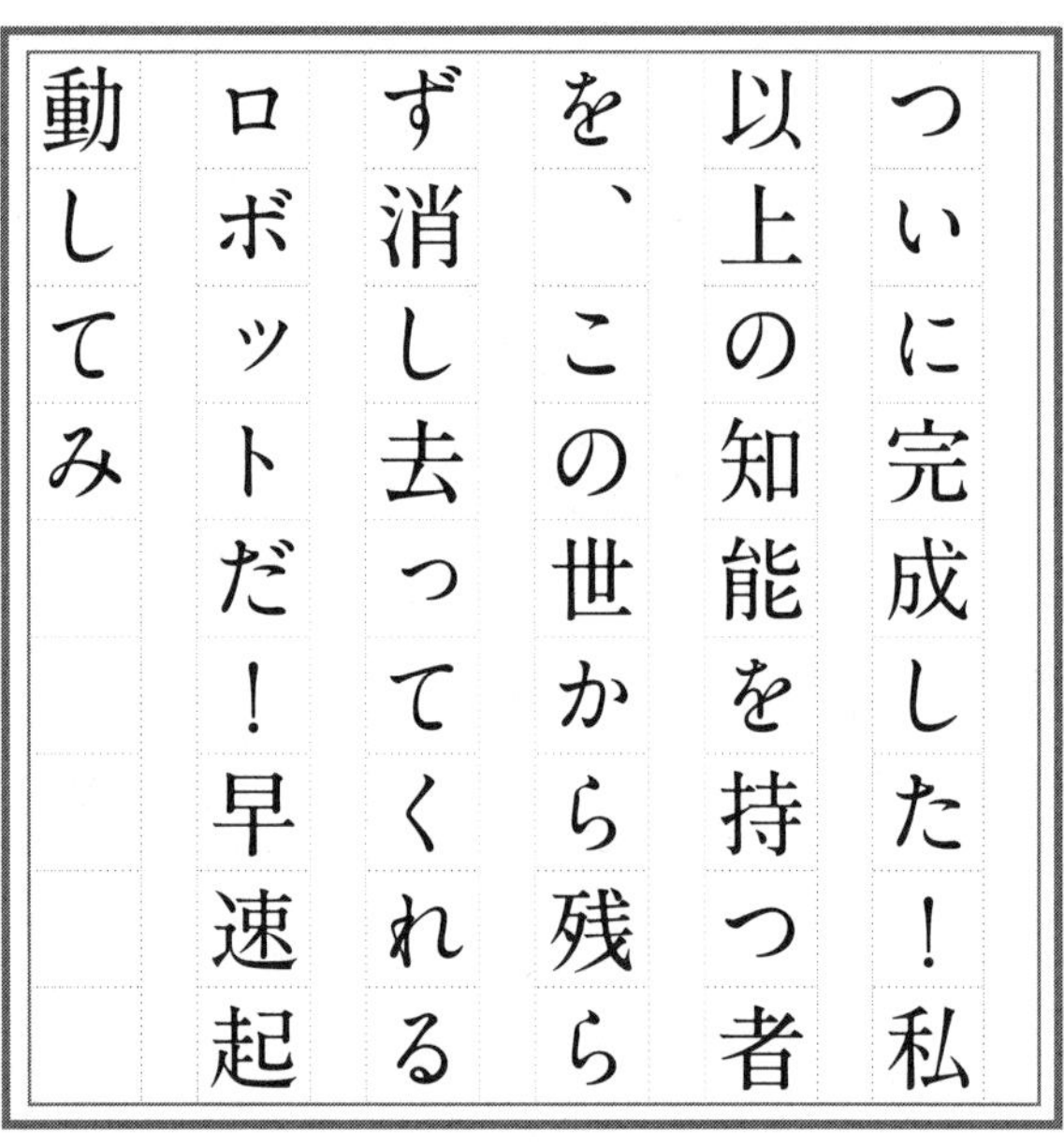

作／紺野咲良

ON
TARGET!
HAKASE

気象予報士が「明日は大荒れになるでしょう」と予報した。しかし、結果は快晴。気象予報士は批判の嵐に見舞われた。

作／氏田雄介

xxxx!
xxx xx!

青く見えるのは海です。天文台の職員の説明に耳を傾けながら望遠鏡を覗き込む。綺麗な青だ。今夜は地球大接近の日。

作／芳々

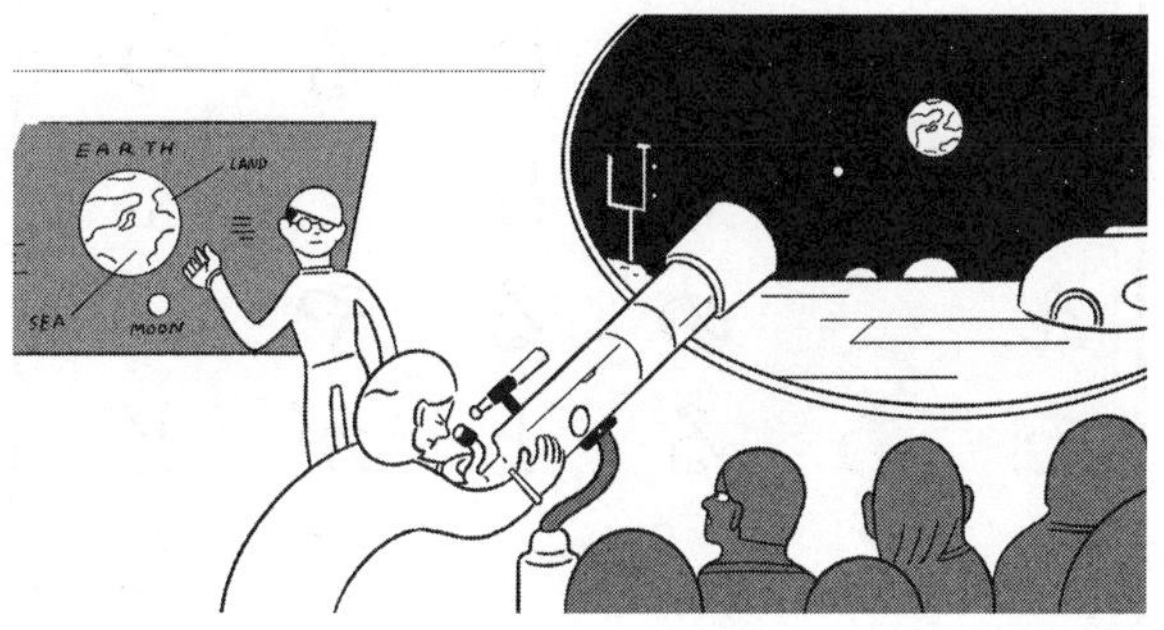
EARTH
LAND
SEA
MOON

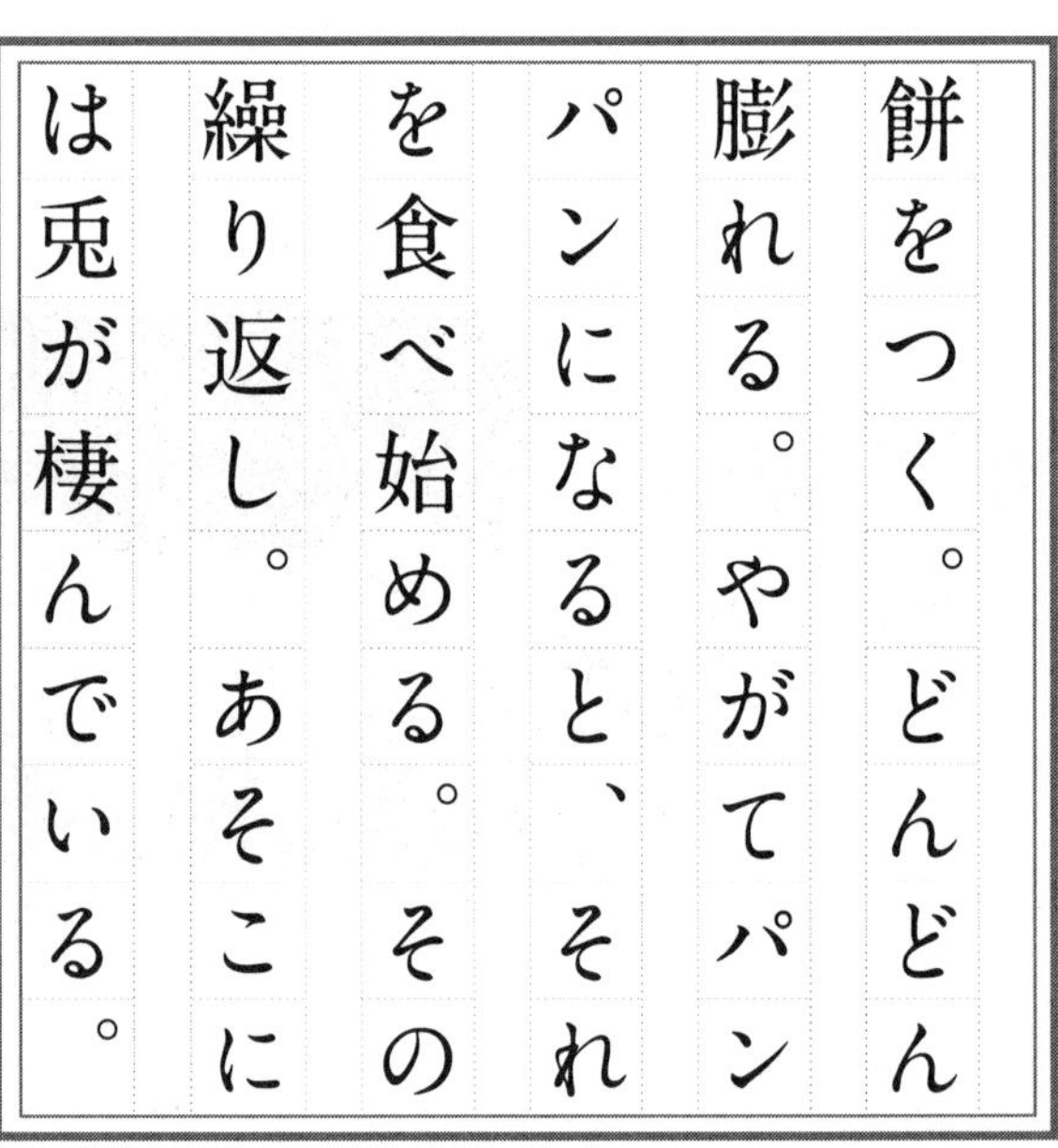
餅をつく。どんどん膨れる。やがてパンパンになると、それを食べ始める。その繰り返し。あそこには兎が棲んでいる。

作／壬生乃サル

寒空の下、定年になった私は職場に別れを告げ涙を拭った。「くだらない」と、新しい警備員ロボは私の電源を切った。

作／たかはしみさお

やっと帰宅できたが、のんびりしてはいられない。赤い服を脱ぎ、和服を着ると小槌を持った。日本支部は忙しすぎる。

作／悠＝ゆう

こたつから出られない。ポカポカした暖かさが病みつきになるのはもちろんだが、それ以前に何かに足を掴まれている。

作／蝕 カヲル

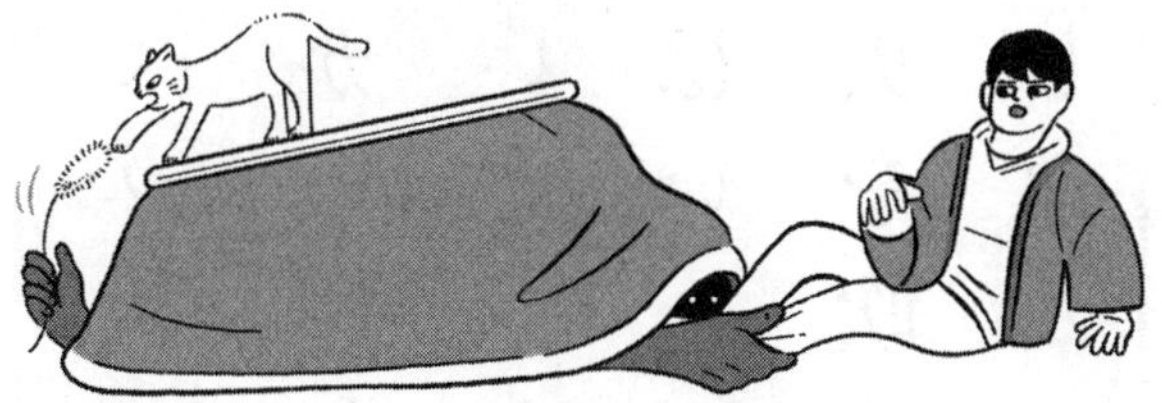

「そのペットは手が焼けるから飼わないほうがいい」と聞かされてはいたが、まさか、火を吹くとは思いもしなかった。

作／gojo

「におうな」ベテラン刑事は寝室のドアを開け、ベッドに横たわる男を見た。そしてその男の子のオムツを取り替えた。

作／ウンベルト

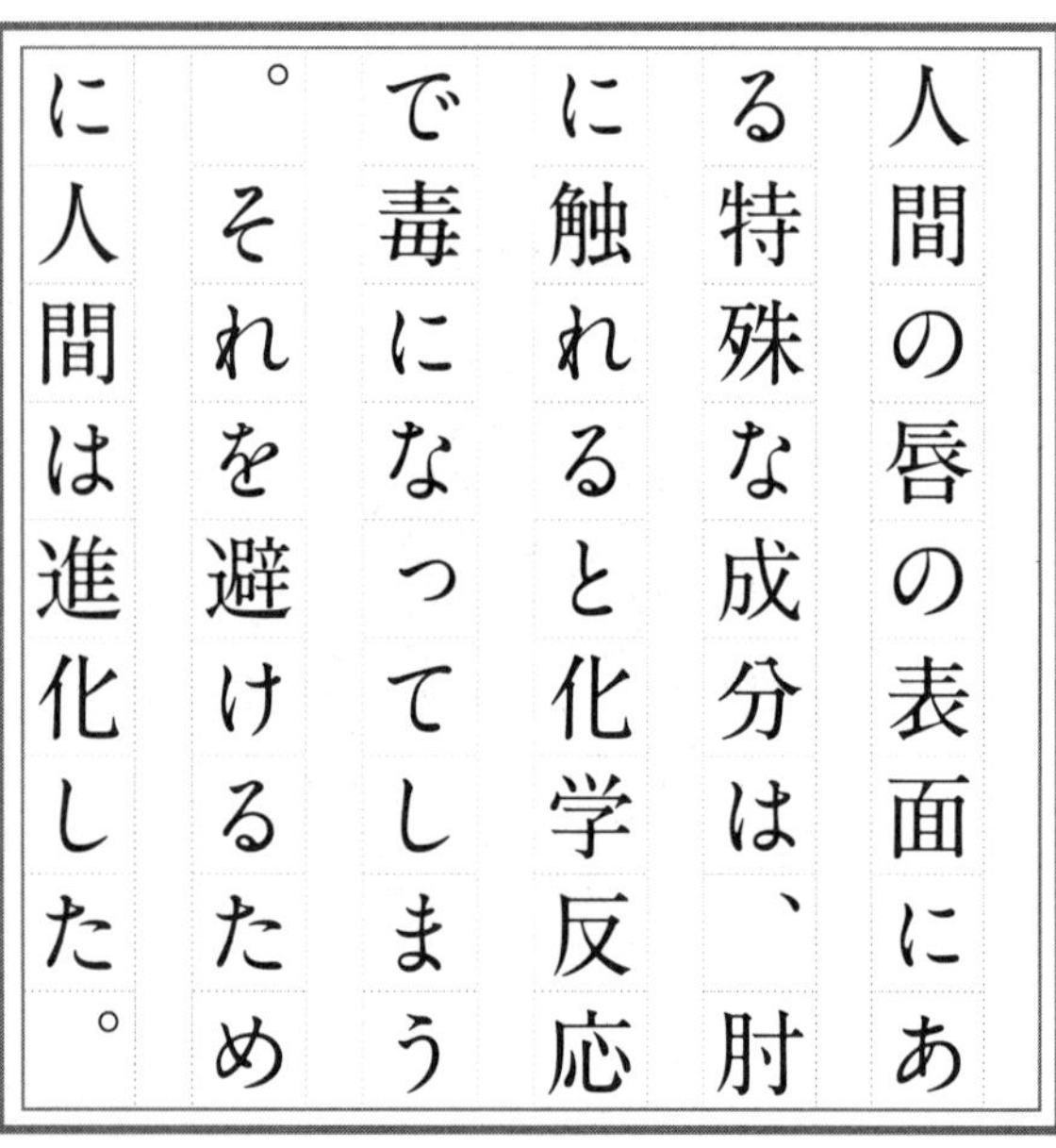
人間の唇の表面にある特殊な成分は、肘に触れると化学反応で毒になってしまう。それを避けるために人間は進化した。

作／はむたろす

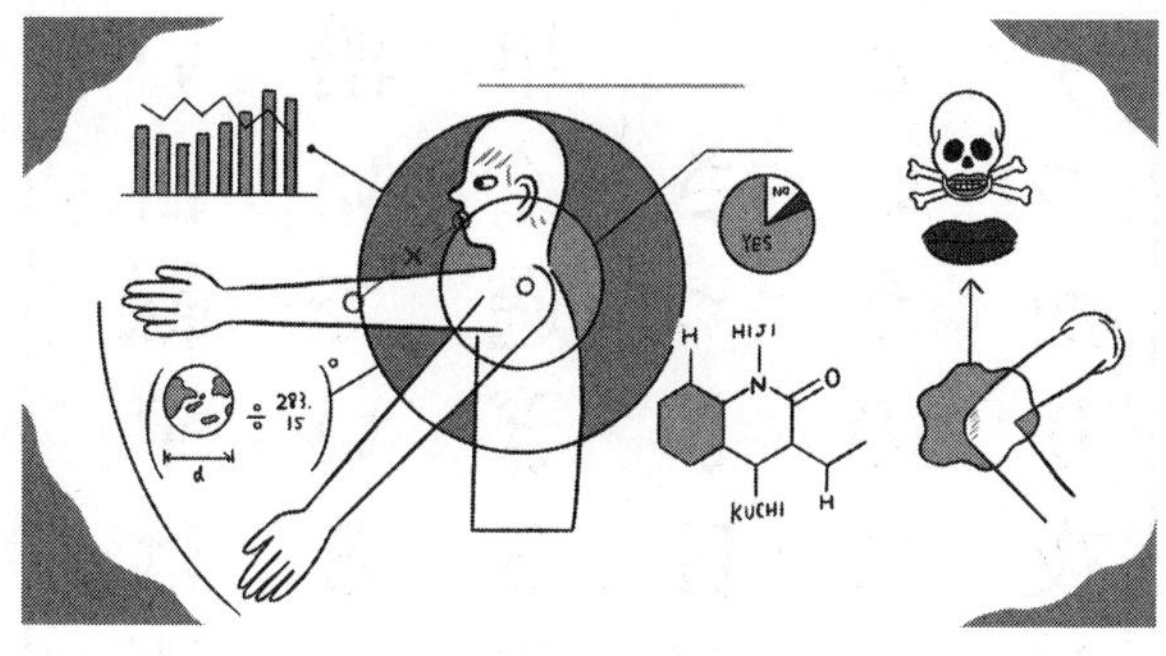
283.
15
d
NO
YES
H
HIJI
N
O
KUCHI
H

新しい自転車は快適で、漕いでいると一日が早く過ぎる気がする。さっき日が昇ったというのに、辺りはすっかり夜だ。

作／高野ユタ

地球によく似た星が見つかった。調査に向かった宇宙船は、航路のちょうど中間地点で何かと衝突し、連絡が途絶えた。

作／水谷健吾

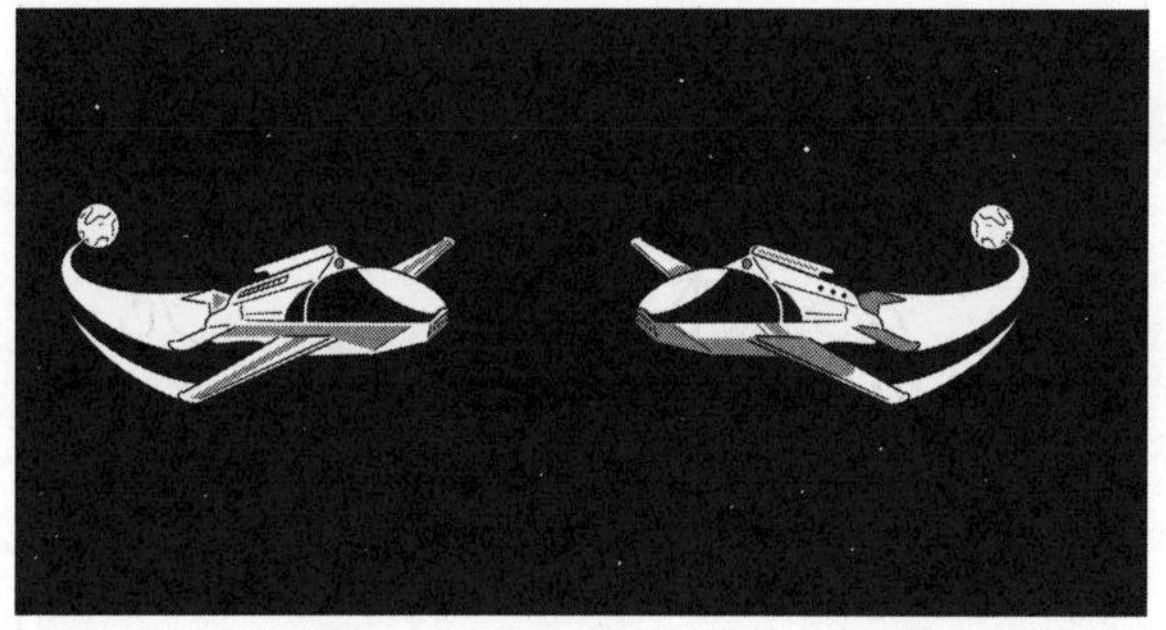

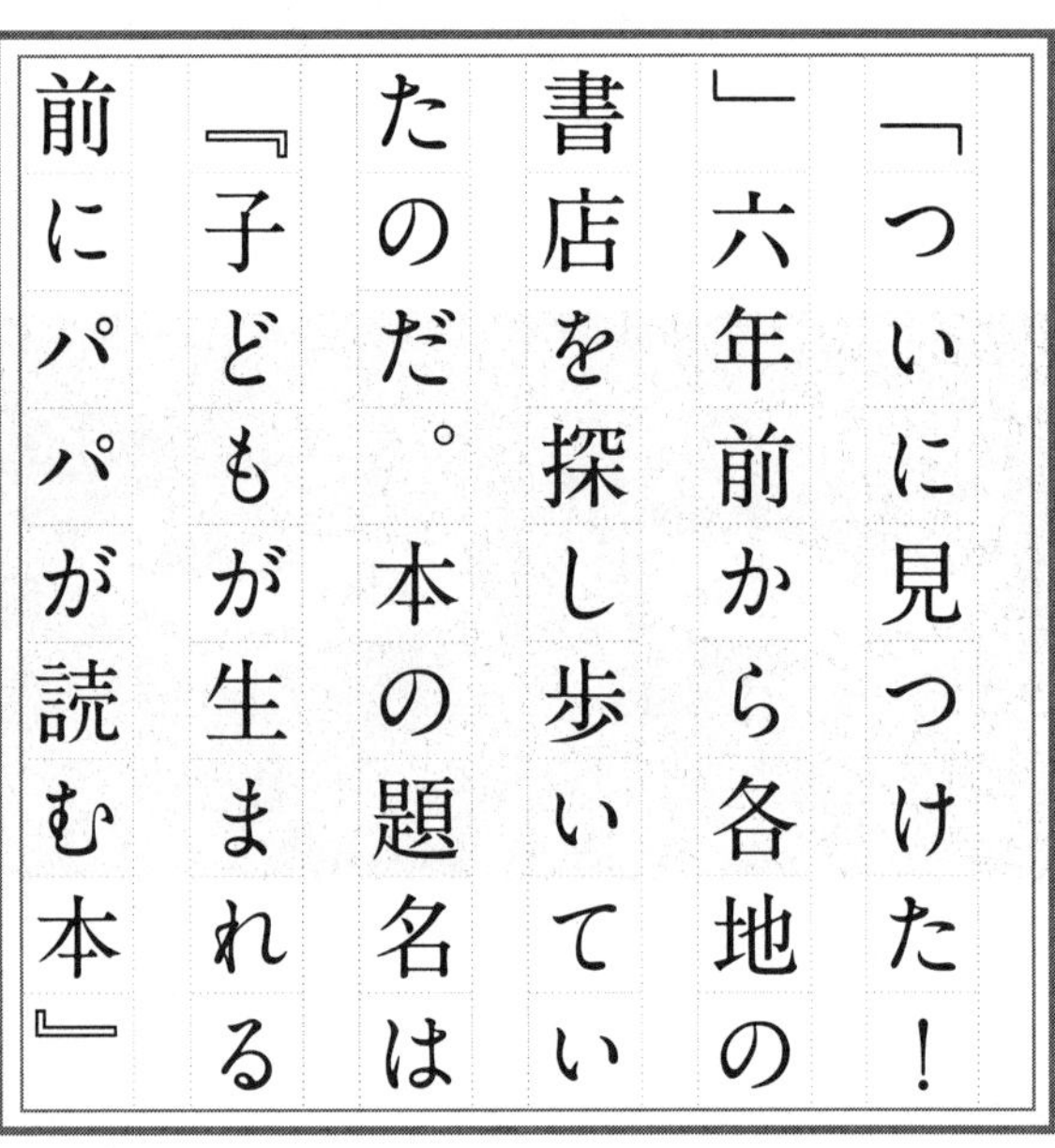
「ついに見つけた！」六年前から各地の書店を探し歩いていたのだ。本の題名は『子どもが生まれる前にパパが読む本』

作／ない本

幼稚園のそばを歩いていたら突然身体に痛みが。心配になり病院へ。「原因は『いたいの』が飛んできたからでしょう」

作／贈りびと

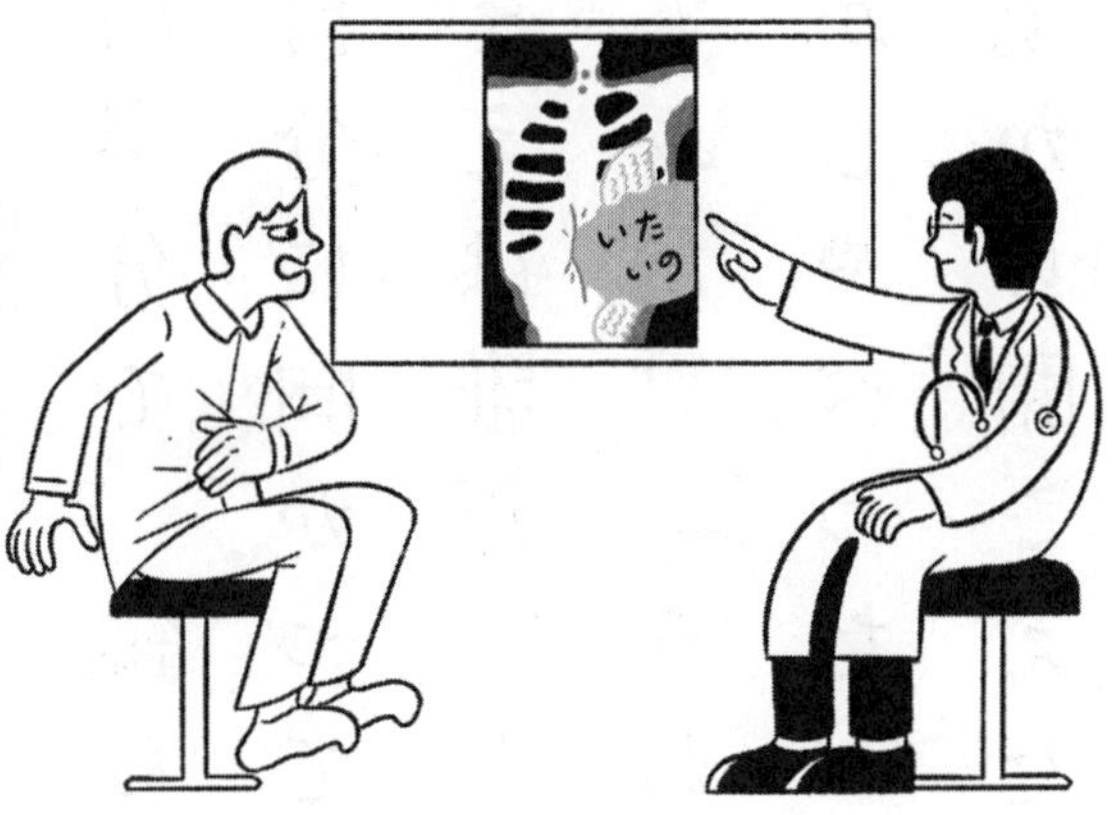
いた
いの

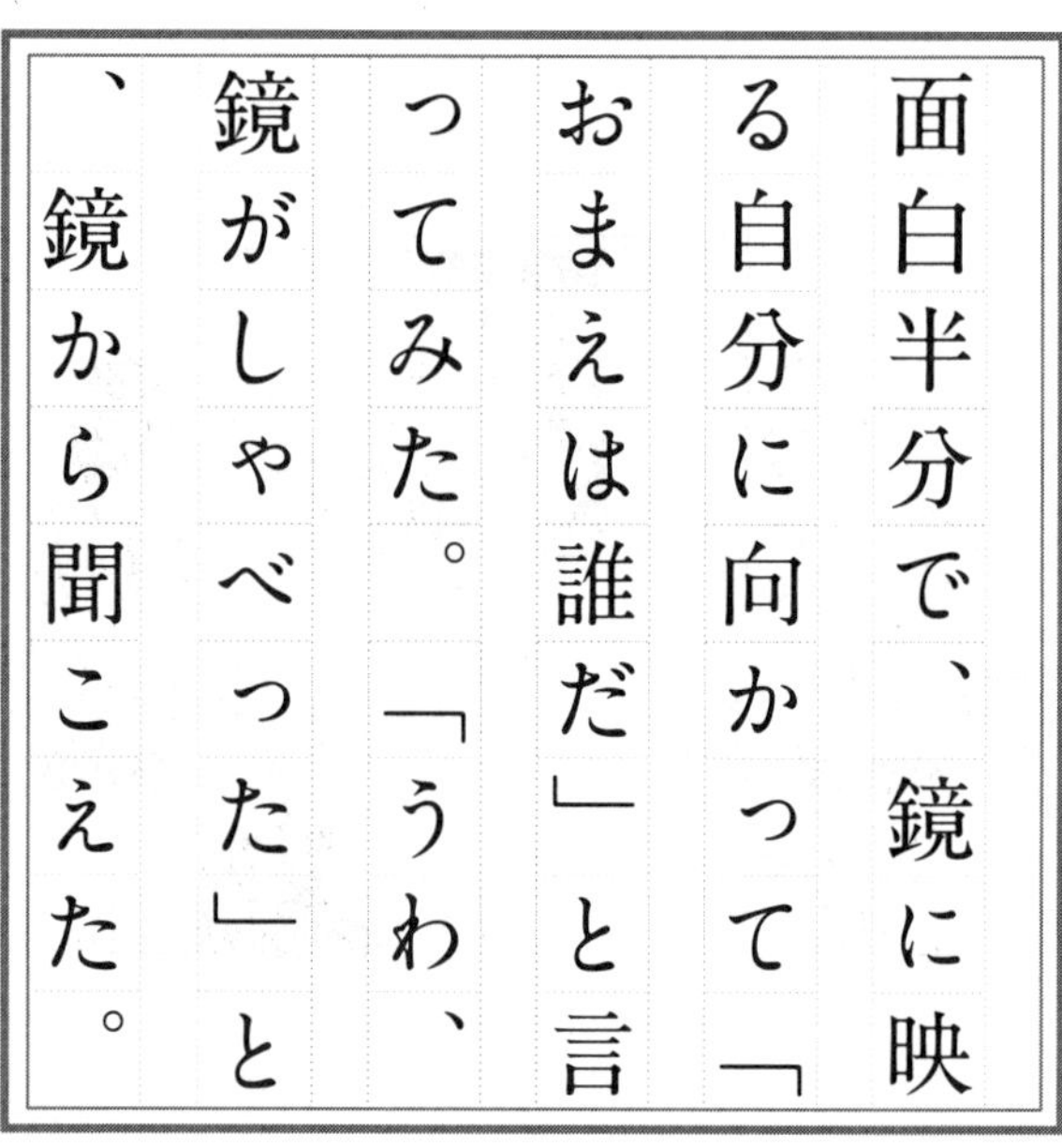

面白半分で、鏡に映る自分に向かって「おまえは誰だ」と言ってみた。「うわ、鏡がしゃべった」と、鏡から聞こえた。

作／守谷直紀

おまえは
誰だ？

神様は、夜も人々を見守る為に、空を覆う黒い布に小さな穴を開けます。見にくい時は、一瞬だけ切れ込みを入れます。

作／Rintaro

あなたはいつも、絵本の途中で寝てしまう。今日は私も疲れたから、このまま一緒に寝ようかな。おやすみ、お母さん。

作／島本 剛

歩きスマホが社会問題になっている。せめて紐くらいはつけて管理してもらわないと、走り出すスマホまで出てきたぞ。

作／渋谷獏

あの手品師の人体切断マジックは全くタネがわからない。しかも毎回新しい女性アシスタントでなんと華やかだろうか。

作／三志郎

ついに悪の秘密基地が完成。誰にも知られずに作った極秘の場所だ。「ピンポーン」完成祝いに注文したピザが届いた。

作／緒方あきら

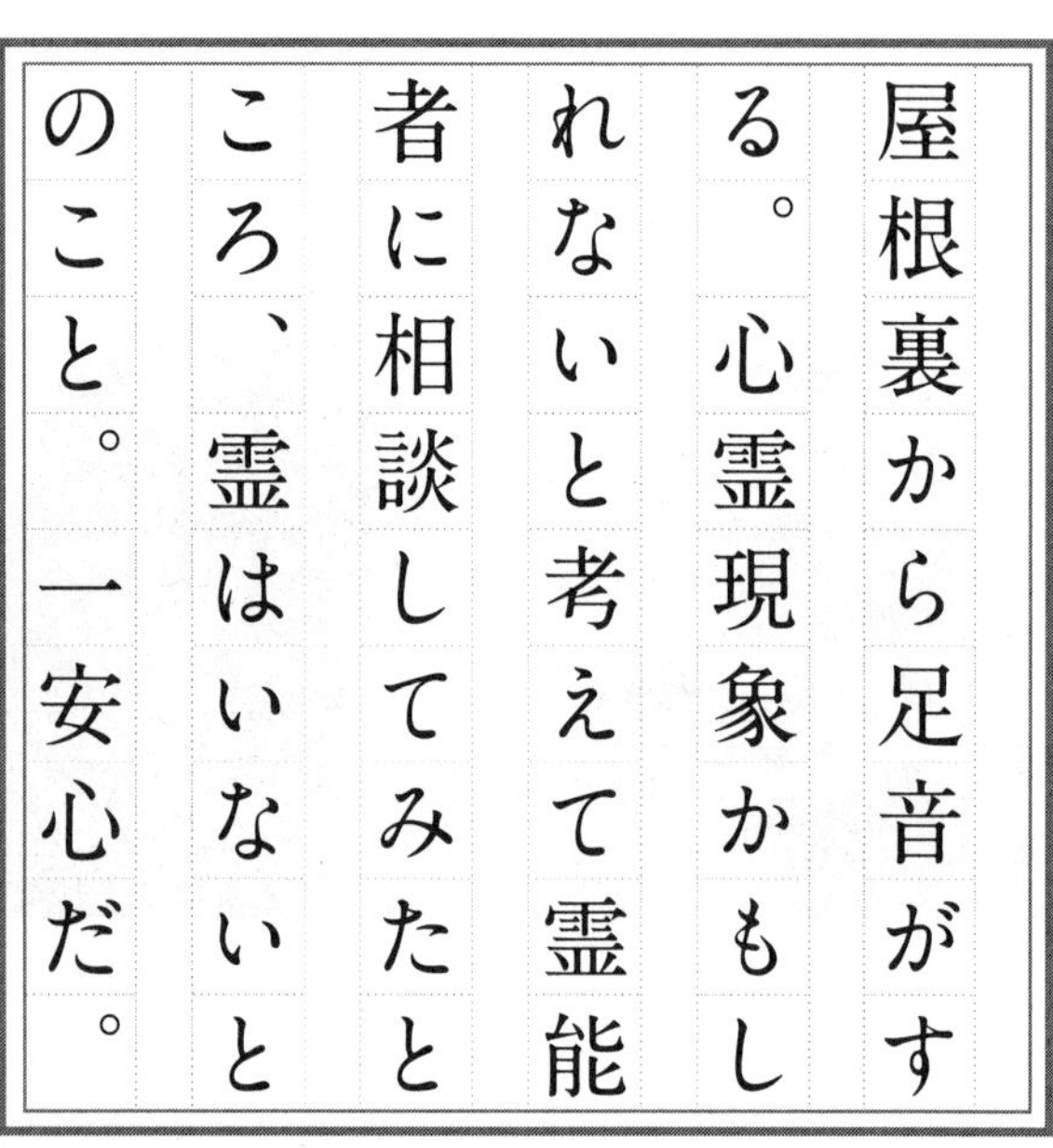
屋根裏から足音がする。心霊現象かもしれないと考えて霊能者に相談してみたところ、霊はいないとのこと。一安心だ。

作／gojo

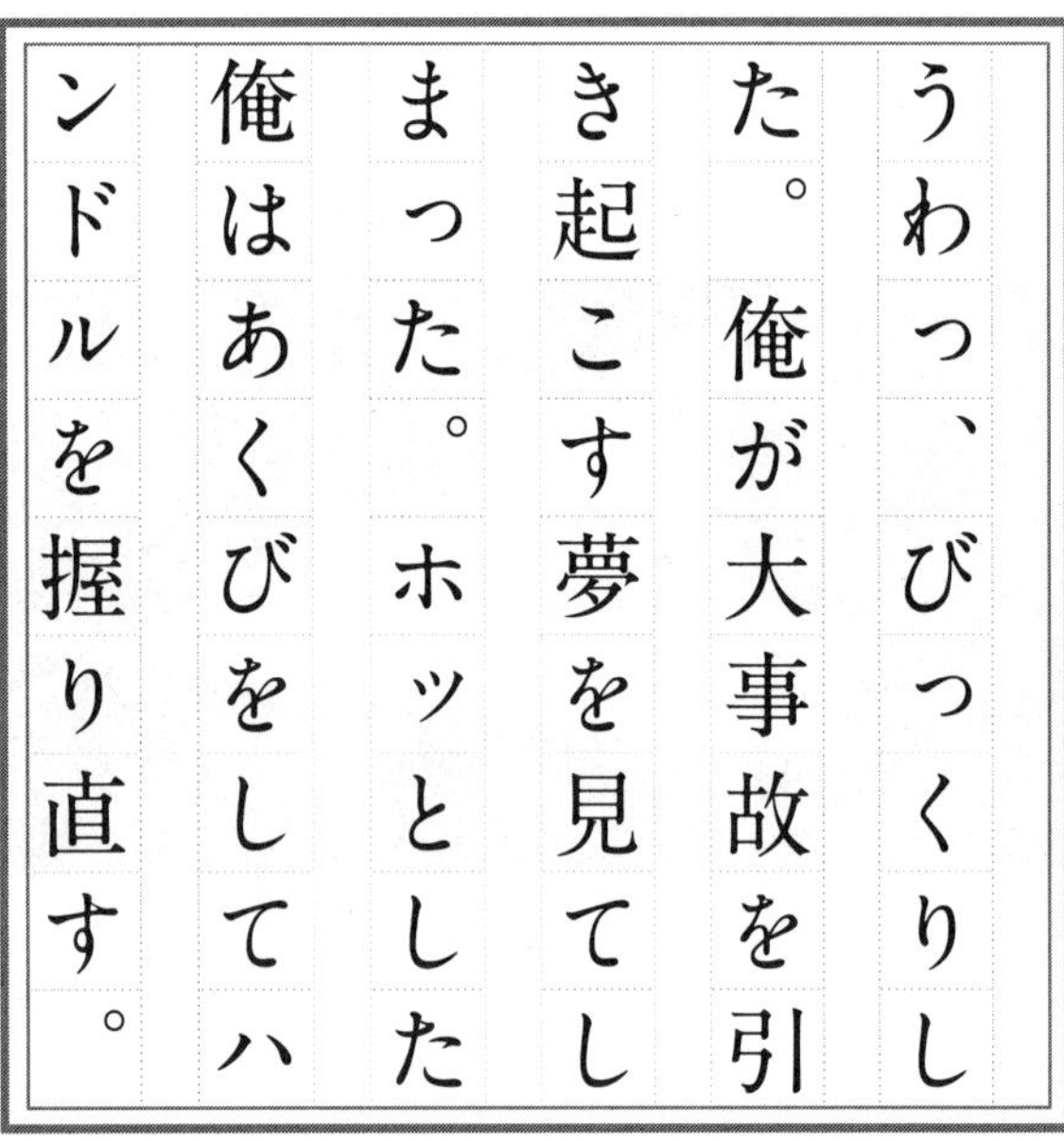

うわっ、びっくりした。俺が大事故を引き起こす夢を見てしまった。ホッとした。俺はあくびをしてハンドルを握り直す。

作／月山

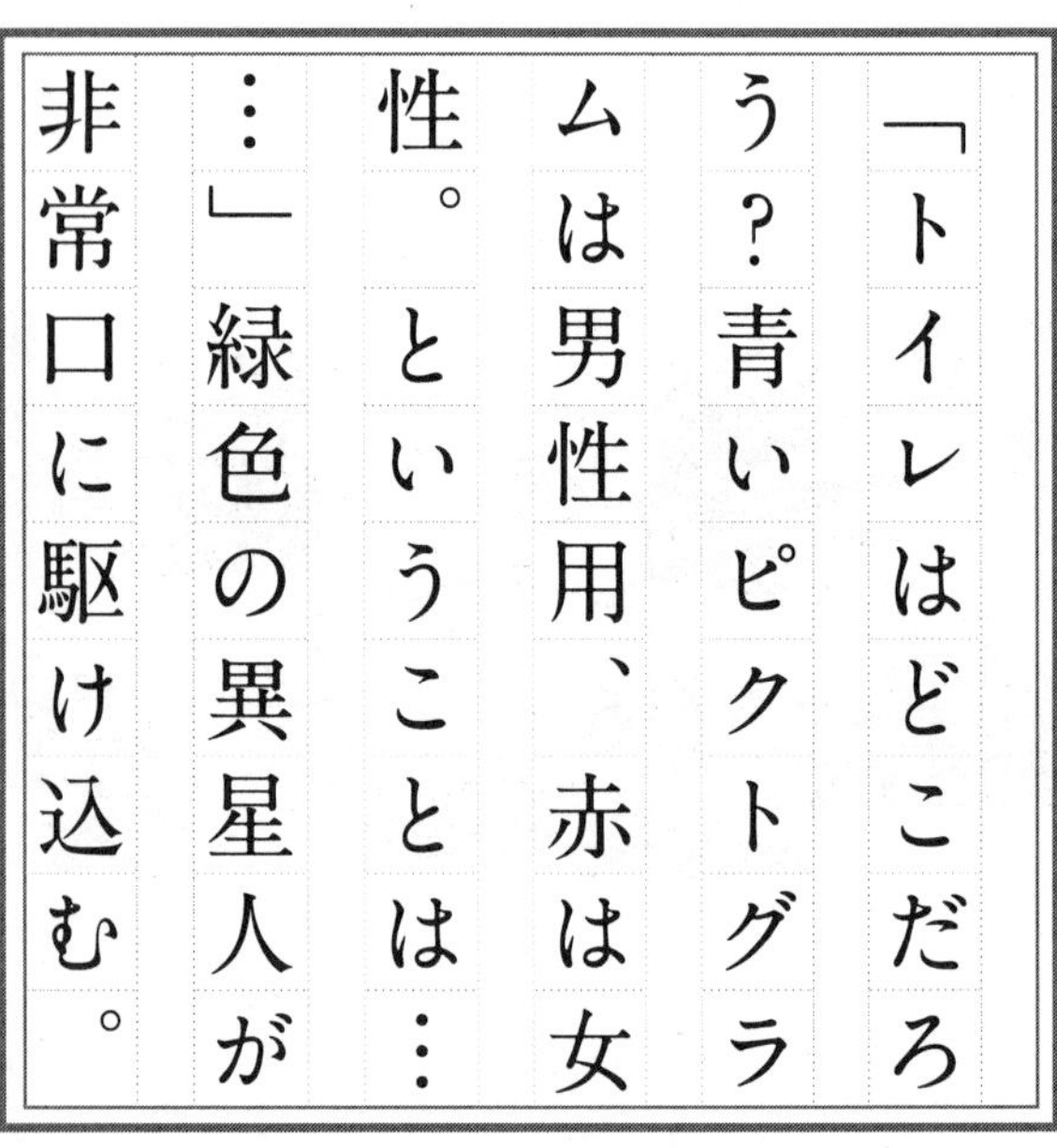

「トイレはどこだろう？青いピクトグラムは男性用、赤は女性。ということは……」緑色の異星人が非常口に駆け込む。

作／式さん

昔の人は物を大切にしていた。傷ついた手足や臓器を治しながら使っていたそうだ。今なら新しいのを買っちゃうのに。

作／やはエイティブ

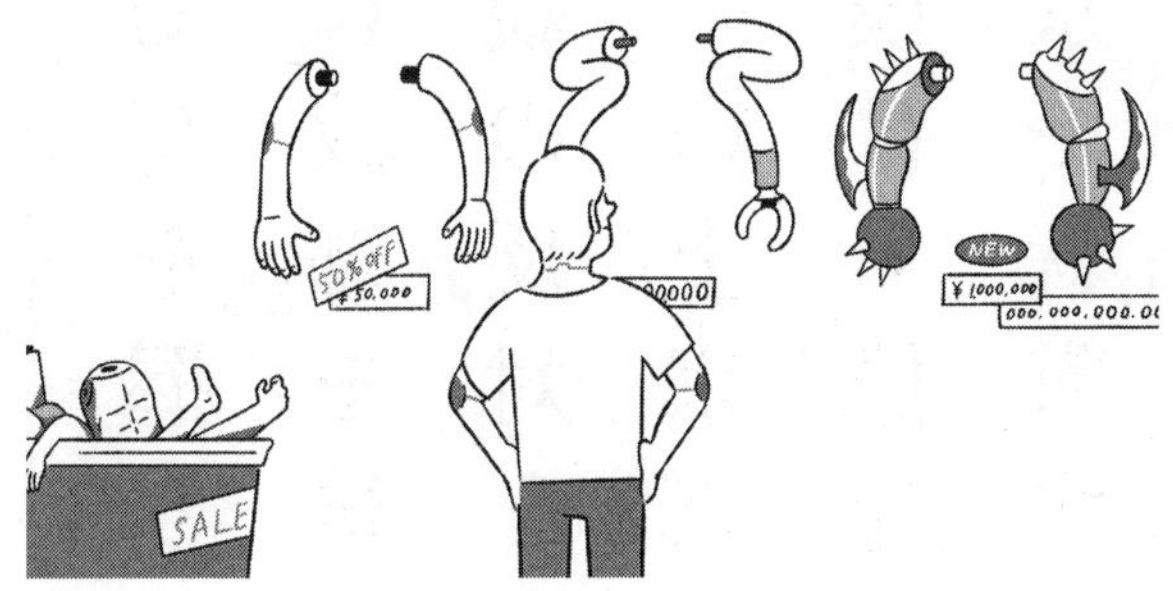
50% OFF
¥50,000
NEW
¥1000,000
SALE

片道切符を握りしめ、僕は故郷を後にした。親の反対を押しきっての上京だ。春から僕は一億光年先の東京で就職する。

作／アヅマイツキ

生前、極度の閉所恐怖症だった彼女の遺体が、棺に入らない。高所恐怖症だった僕の魂は、棺に留まり天国に昇らない。

作／はひふへほみち

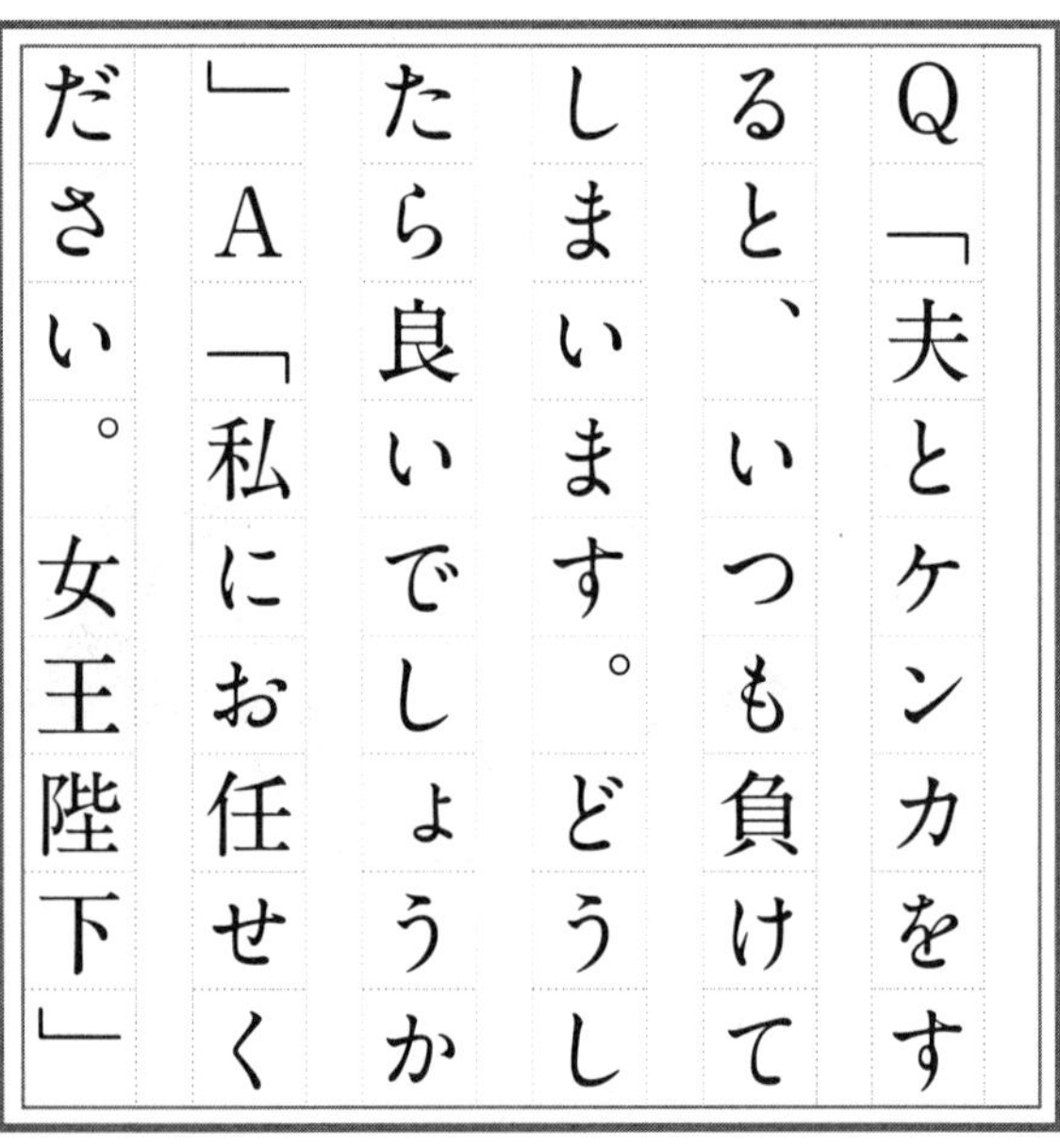
Q「夫とケンカをすると、いつも負けてしまいます。どうしたら良いでしょうか」A「私にお任せください。女王陛下」

作／山本浩太郎

Q
K
A

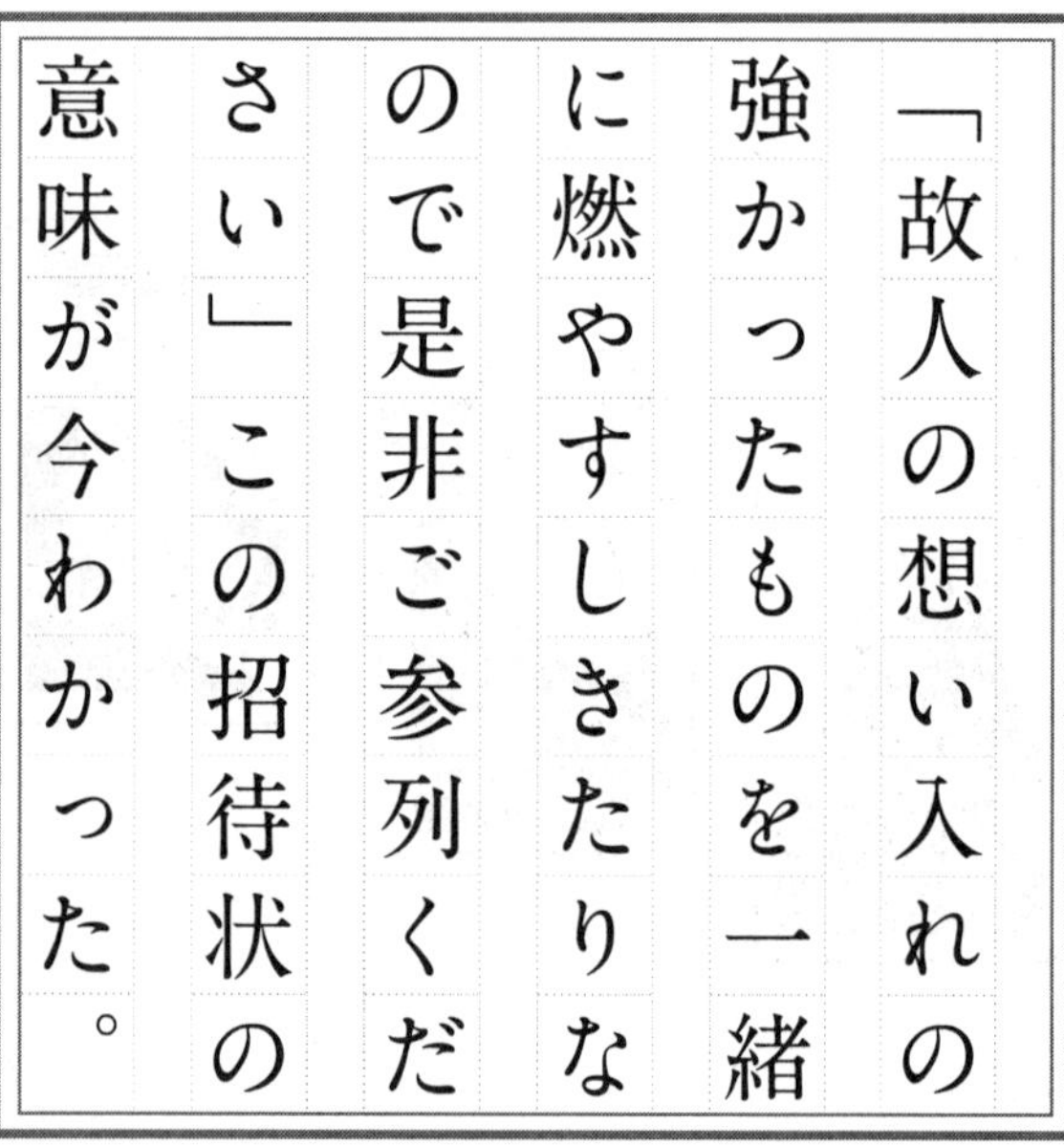
「故人の想い入れの強かったものを一緒に燃やすしきたりなので是非ご参列ください」この招待状の意味が今わかった。

作／新出既出

まえだ、やまもと。おまえ達のどちらが犯人かわかった。この事件、話を繰り返し辿ればば簡単だったよ。そう、犯人はお

作／山本浩太郎

お　まえだ、 
やまもと。

タイムマシンが完成した。未来に行く機能のみだが、大きな成果だ。わずか千四百四十分で一日先の未来に行けるとは。

作／わびさび

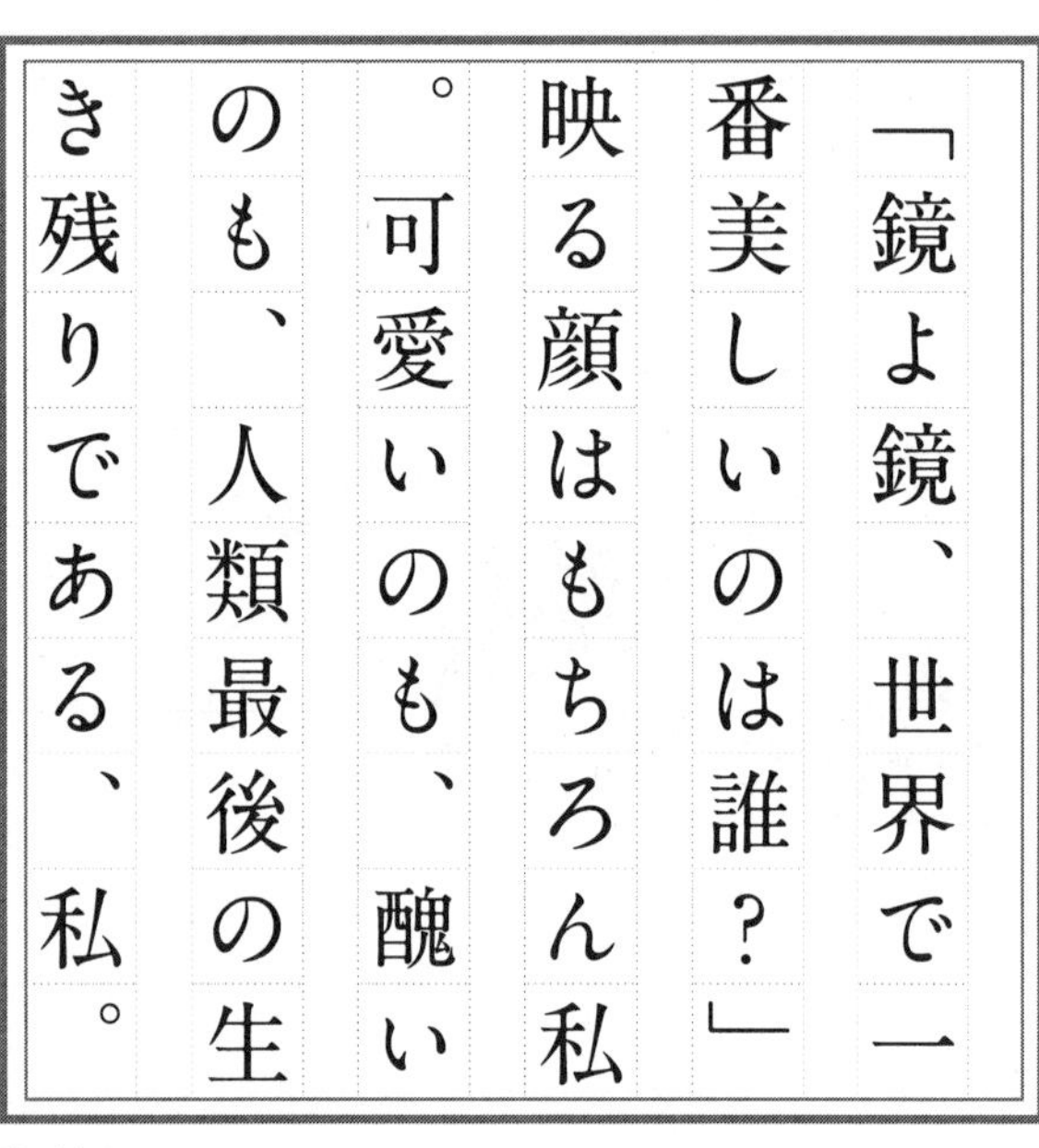

「鏡よ鏡、世界で一番美しいのは誰？」映る顔はもちろん私。可愛いのも、醜いのも、人類最後の生き残りである、私。

作／式さん

太陽系の惑星たちによる相撲大会が開催された。小さな惑星が土星や木星の巨体を次々となぎたおし、大金星を挙げた。

作／氏田雄介

決まり手
重力ターン

麻薬の密輸人が捕まった。靴の底、耳の穴、胃の中、身体中から粉が見つかり、やがて全身が粉になり風と共に消えた。

作／氏田雄介

人の記憶を映像化する技術の開発が、完成間際で打ち切られた。忘れる権利の侵害だとして政治家が規制をかけたのだ。

作／氏田雄介

兵士の装備を安価な物に替えたところ、病院に運ばれてくる怪我人が大幅に減った。始めからこうすればよかったんだ。

作／氏田雄介

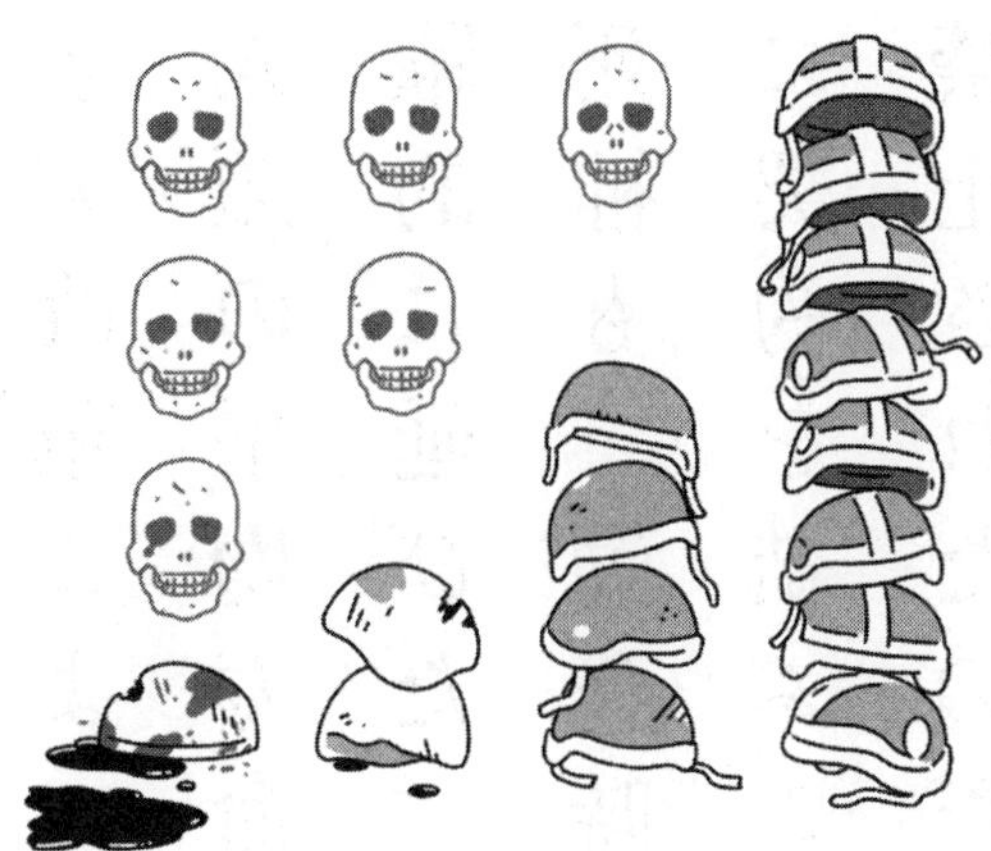

働き方改革によって、人類の平均寿命が飛躍的に延びた。我々死神も、勤務時間外に契約を結ぶことが禁止されたのだ。

作／氏田雄介

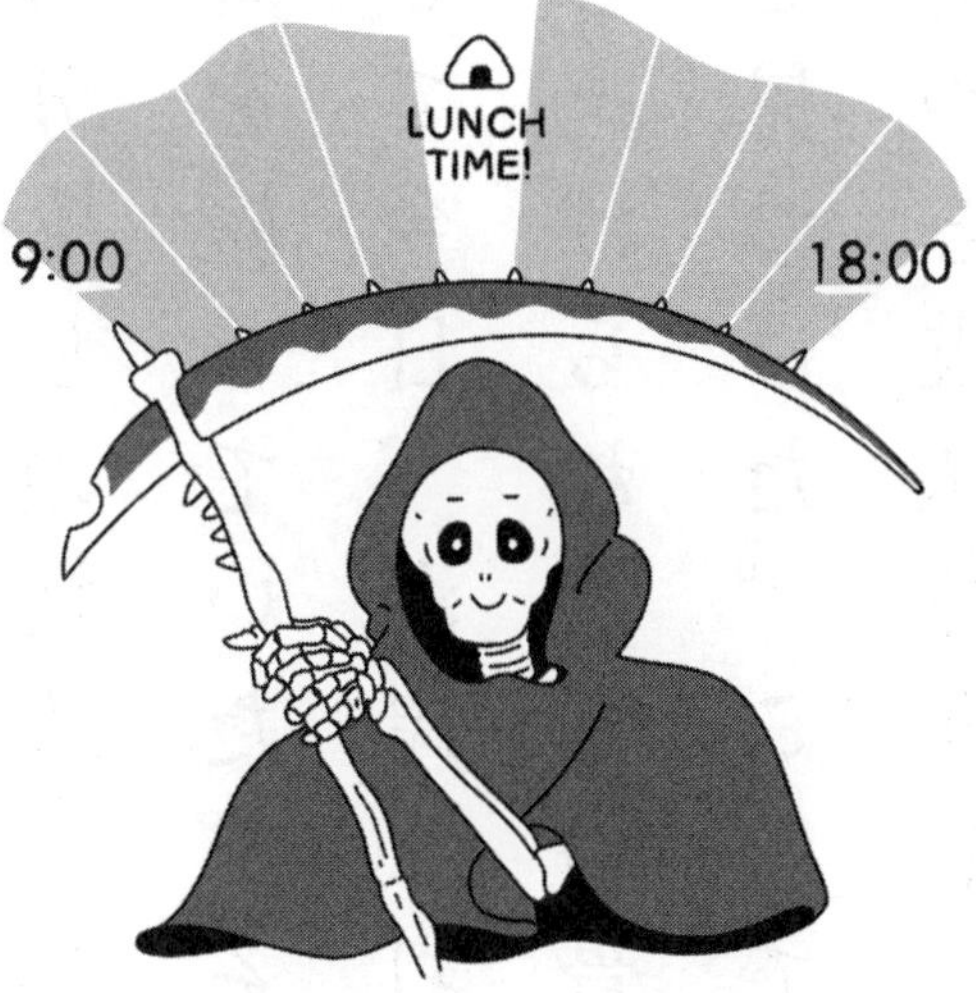
LUNCH
TIME!
9:00
18:00

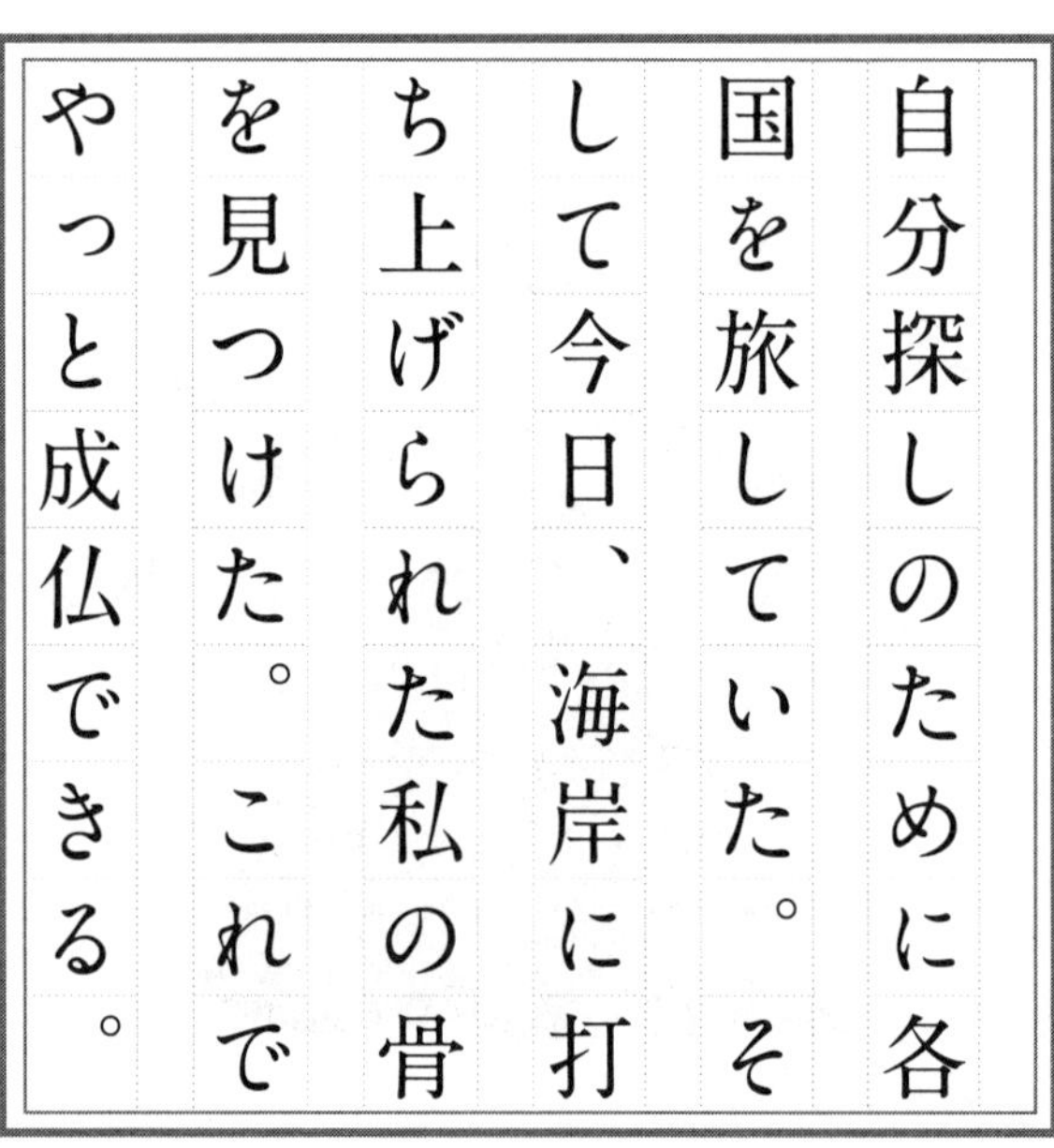

自分探しのために各国を旅していた。そして今日、海岸に打ち上げられた私の骨を見つけた。これでやっと成仏できる。

作／氏田雄介

KEEP
OUT

お盆の時期にはまだ早いというのに、私の母は精霊馬を供えている。「だって、お父さん人混みが嫌いだったでしょう」―

作／氏田雄介

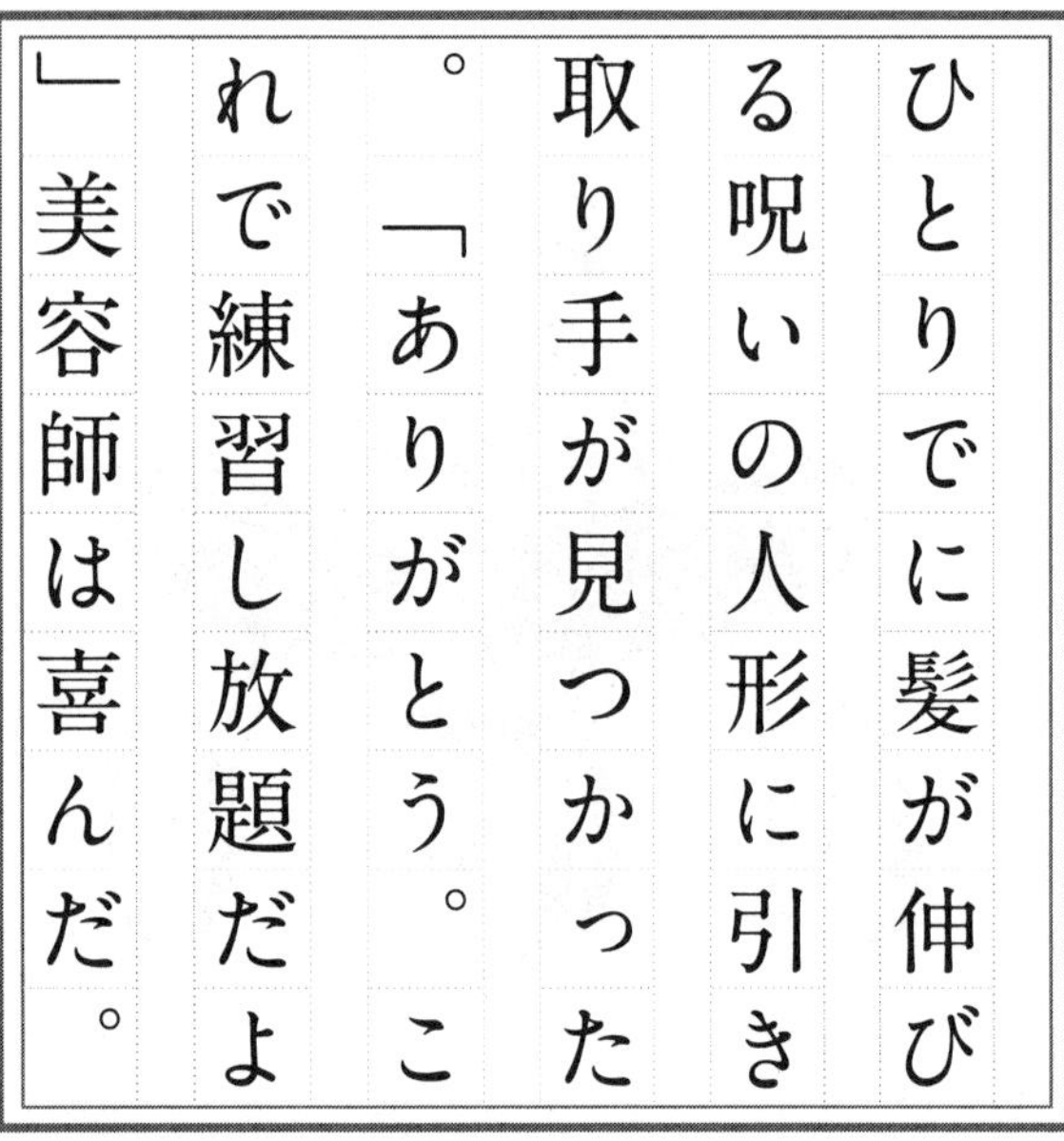
ひとりでに髪が伸びる呪いの人形に引き取り手が見つかった。「ありがとう。これで練習し放題だよ」美容師は喜んだ。

作／氏田雄介

彼は寡黙な銀行員。会議でも自分の意見は言わない。でも、今日初めて手を挙げた。挙げなければ撃たれていただろう。

作／氏田雄介

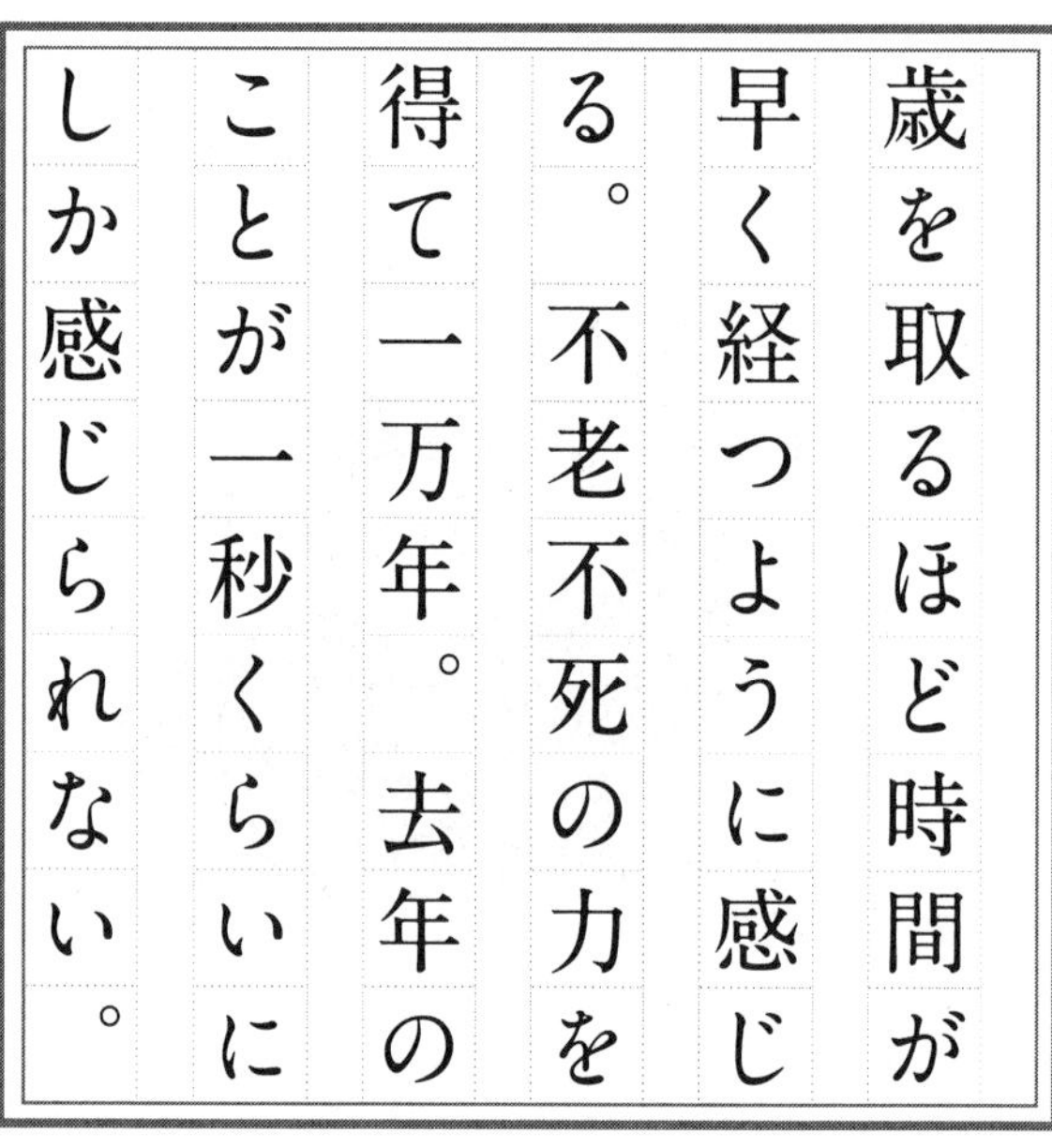
歳を取るほど時間が早く経つように感じる。不老不死の力を得て一万年。去年のことが一秒くらいにしか感じられない。

作／氏田雄介

逃げられない。何者かの視線が追いかけてくる。上から下へ、上から下へ。真っ白な通路をひたすら走る。この場所から

作／メガネ

〈解説編〉

文頭の数字はページ数を示しています。

14 **必携ドリル**――配られた「ドリル」は、計算ドリルなどの問題集のことではなく、鋭い刃が回転する機械の「ドリル」でした。この物語の舞台は、街中をゾンビが歩き回る世界。そんな環境を生き抜くために、ゾンビの倒し方を学ぶための教科書、そして実際にゾンビを倒すために殺傷能力を高めた「ドリル」が配られたのでした。

16 **怪物の亡骸（なきがら）**――この物語の「怪物」の故郷はどうやら地球のようです。そう、この怪物は人間。人間も異星人から見れば立派な怪物、エイリアンなのです。

18 **佐藤の消失**――自分が生まれる前の両親に会うため、タイムマシンで過去へタイムトラベルをした佐藤さんの話。両親が結婚する前の時代に行き、二人の関係を変えてしまった結果、佐藤さんがこの世に生まれた事実が書き換えられてしまったようです。

20 **帰宅部の才能**――この物語に出てくる帰宅部の部員たちは「全力で家に帰る」プロフェッショナル。海に囲まれた無人島からもそそくさと脱出して、何食わぬ顔で家に帰っていきました。

22 **さまようトイレ**――「お客様用トイレ」だと思って入った先は「お客『さまよう』トイレ」でした。入ったら最後、お客さんは巨大迷路をさまようことになります。こんなに急いでいる時にトイレに辿り着けないなんて、絶望的ですね。

24 **忘れロボット**――物忘れの酷い博士は、自分の代わりに記憶をしてくれるロボットを開発しました。それでも博士は、物忘れ防止ロボットを作ったことさえも忘れて、新しいロボットを開発してしまったようです。これには今までに作られたロボットたちもうんざり。皆さんも何かを忘れないようにメモをした時には、「メモをしたこと」を忘れないようにしましょう。

26 **キリの良い歳**——昭和63年に生まれた人は、平成元年に1歳になり、平成20年に20歳になります。あの時は何歳だったかな？　と思ったら、その年が平成何年かさえ調べれば簡単に当時の年齢がわかりました。紀元前1年生まれの人も、年齢と西暦が一致するので、同じく便利だと賛同しているようですが……。彼が今何歳かは、今年が西暦何年かを確認すればすぐ知ることができますね。

28 **知らない機能**——演奏を終えると曲を弾き始めるピアノ。自分の演奏を聴き返せる便利な機能かと思いきや、そんな機能は説明書に載っていません。もしかしたら、ピアノの元の持ち主の霊魂や怨念が弾いているのかも。もしそうだとしたら、値段が安いのも納得ですね。

30 **右から読むか左から読むか**——実はこの文章、左の行から読むと普通に読むのとは真逆の結末が待ち受けています。「だから、おねがい。私の愛する人は貴方じゃないから。一生なんて、そんなの私嫌よ。貴方と別々に幸せになりたいの。」

32 **悪魔の幸福論**——「一生幸せに暮らしたい」という願いを叶えてもらえるとわか

った男はさぞ喜んだでしょう。これから先の人生で訪れる幸せな日々を想像し、男は幸せの頂点にいたことと思います。しかしその瞬間、男は死んでしまいました。幸せの絶頂で息を引き取れば、その先不幸に見舞われることもないので一生幸せだったことになるというわけです。やはり悪魔は悪魔。うまい話には裏があるものです。

34
時空ランドセル——過去に愛用していた物をきっかけに、昔の記憶をありありと思い出したことはありませんか？　この物語の主人公は、10年間しまい込んでいたランドセルを懐かしんで部屋に飾りました。すると、小学生の頃に毎日のように言われていた「あんた、明日学校なんだから早く寝なさい」というお母さんの声が。当時使っていたランドセルをきっかけに、過去を思い出すだけにとどまらず、いつの間にか過去へタイムスリップしてしまったようです。

36
二つ目小僧——目が一つしかない子どもの妖怪「一つ目小僧」から「目が二つになった」と連絡が。妖怪にも、人間と同じような見た目への憧れがあったのかなと思いきや、そうではありませんでした。一つ目だった彼は、前に一つ、後ろにも一つの目があるという、さらに奇妙な見た目になっていたのです。

38 **一億年遅れ**――1光年とは、光が1年かかって届く距離のこと。つまり、五千万光年先から光速で移動するには五千万年かかります。また、五千万光年離れた惑星の光景は、五千万年前のものです。この物語で宇宙人が見た巨大生物は、五千万年前に地球で繁栄していた恐竜でした。さらに、宇宙人が地球に到着するまでに五千万年かかるため、到着したのは宇宙人が見た光景から1億年後の地球。恐竜はとっくに絶滅し、人間が地球を支配していました。

40 **魂の駆け込み乗車**――死ぬ気で走って、なんとか電車に乗れたと思ったら、どうやら電車に乗れたのは魂だけだったようです。体はホームで倒れてしまっていました。魂が体に戻れるといいのですが……。「死ぬ気で頑張る」なんて言う人がいますが、体を置き去りにしないよう、どうかほどほどに。

42 **探偵は知っている**――「犯人はこの中にいる」と探偵が言うからには、犯人は間違いなくこの中にいるわけです。しかし全員に完璧なアリバイがありました。ということは……そうです、犯人は探偵本人でした。職業が探偵だからといって犯人ではないということにはなりません。

44

野菜と野鳥――ある農家が、成長を促進させる薬を使って大きな野菜を作ることに成功しました。しかしその野菜をつまみ食いした鳥たちまでも、その効果により巨大化してしまったようです。畑の雑草や昆虫たちもきっと……。このあと出荷される野菜を食べる人間たちは、一体どうなってしまうのでしょうね。

46

叶えられない願い――神様は何でも願いを聞いてくれるはずなのに、なぜか10年後の自分と話がしたいという願いを聞いてくれません。なぜなら、それが「無理」だからです。いくら神様でも10年後にこの世にいない人物と話をさせることはできないのです。

48

カンニングの天才――理科が苦手で、明日のテストに不安を覚える主人公。彼は奥の手を使い、物理学のとても難しい理論を応用したカンニング用メガネを作ってなんとか乗り切ろうとします。そもそもそんなすごいメガネを作れるのであれば理科のテストなんて簡単に解けるのでは……？　もうテストなんて受けなくていいから、すぐに世界平和のためにその能力を発揮してほしいですね。

50 **辛(つら)い研究**――「辛い思い出だけ消す薬」の開発に成功した博士。この物語では、その薬を使った博士が、自分の助手のことをさっぱり忘れてしまいます。……ということは、博士にとっての辛い思い出とは、助手とともに行ってきた研究の日々だったのでしょう。ある意味、博士にぴったりの発明だったと言えますね。

52 **想像力の果て**――「宇宙の果てがどうなっているのか」それは人類にとって最大の謎でした。しかし、ついにあるロケットが宇宙の果てに辿り着きました！　そこにいたのは一人の作家。この世界を作っていたのは彼だったのです。しかしこの先は思いついていない様子。想像力にも限界があったようですね。

54 **漢字泥棒**――この物語は、ちょっとした漢字クイズです。そこは新鮮な魚を売るお店でしたが、ある日、魚が全部盗まれてしまいました。「鮮魚」から「魚」がなくなったので、残りは「羊」だけに。仕方なく店主は羊の肉を使うジンギスカンのお店を開くことにしたのでした。

56 **鏡の悪魔**――主人公は友人から聞いた通り、鏡を向かい合わせにして悪魔を呼び出そうとしますが、何も起こる気配はありません。嘘をつかれたと思った主人公は怒りを覚え、その友人を殺すことを決意します。でも、この程度のことで人を殺したいと思うでしょうか？　友人の話は本当でした。悪魔は、合わせ鏡に映った主人公の心に現れていたのです。

58 **北風と太陽とある男**――有名なイソップ物語「北風と太陽」では、北風は強い風を吹かせ、太陽は強い太陽光で男のコートを脱がせようとしました。男からしたらいい迷惑なはずなのに、なぜか彼は上機嫌。それもそのはず、彼は電力会社の社長でした。強い風が吹けば風力発電でたくさんの電気が作れますし、強い太陽光からも太陽光発電で電気を作ることができます。この男は火さえも、ものともしないかもしれません。

60 **ある川の話**――「赤ちゃんが乗っています」というシールを貼っている車を見つ

けたら、周囲を走行する車はより一層安全運転を心がけます。しかし今回の物語では、なんと果物の桃に「赤ちゃんが乗っています」のシールが貼ってありました。もちろんその中に乗っていたのは桃から生まれた「桃太郎」ですね。

62 **桃太郎の真相**――「桃太郎」のお話の中では、鬼たちが村の人々を襲います。そんな物騒な世の中で、おじいさんとおばあさんが無事だったのはどうしてでしょうか。「桃太郎」のストーリーを思い出してみると、二人は川から流れてきた桃を包丁で切りますが、中にいた赤ちゃんをいっさい傷つけることなく真っ二つに切り分けています。こんな器用なナイフさばきを身につけている二人なら、鬼が恐れて襲ってこないのも納得です。桃太郎が鬼ケ島で戦った時も、おじいさんとおばあさんゆずりの剣さばきで鬼たちを退治したのかもしれません。

64 **タマゴリョーシカ**――この物語の世界はマトリョーシカのように卵の中から卵が出てきて、冷蔵庫の中に冷蔵庫がある不思議な世界。そんな世界でポカンと口を開けている主人公の口の中ではまた主人公が口を開けていて、その主人公の口の中でもまた口を開けている主人公が……。

66　**金銭トラブル**――この物語の主人公は、無料なのによく当たると評判の占い師に見てもらったところ、「近々、金銭トラブルに巻き込まれる」との忠告が。そしてその直後、占い師から高額な料金を請求されてしまいます。無料の占いだったはずなので、これは立派な金銭トラブル。占いは当たったことになります。

68　**宇宙分煙**――最近は「禁煙」のスペースが増えましたね。この物語の世界では、ついに地球全体が「禁煙」になったようです。主人公は、たばこを吸う場所を求めて地球を後にしました。喫煙所ならぬ「喫煙星」ができるなんて未来があるかもしれません。

70　**君と羊と馬と**――この話も『漢字泥棒』の物語同様、簡単な漢字クイズです。全てを捨てて「群馬」にきた主人公ですが、「君」が突然いなくなってしまいました。漢字の「群馬」から「君」がなくなると、残されるのは「羊」と「馬」だけ。主人公にとって「君」がいるからこそ、「群馬」に来る意味があったのでしょう。「羊」と「馬」との暮らしも悪くないかもしれませんが……。

72 **天国からの目覚まし**――毎朝起こしに来てくれるお母さん。なんだかうっとうしいような気もしますが、早起きが苦手な人にとってはとても助かるものです。しかし、この物語のお母さんは、毎朝天国からわざわざ起こしにやって来ているようです。この世を去っても、娘のことが心配で仕方がないんですね。ちょっと怖いような、ほっこりするような……。

74 **不死の研究者**――永久に死ぬことのない「不死」の存在を研究する学者の先生。いまだにその謎は解明できておらず、3千年も夢中で研究を続けているようですが……。私たちの平均寿命を考えると、もう十分不死と言ってもいい年齢ですよね。しかし、不死のように終わりがないものを証明することはできるのでしょうか。先生はこれからも永遠に研究を続けることになるでしょう……。

76 **コールドスリープ**――コールドスリープとは、人体を低温状態にすることで眠らせて老化を防ぐ冬眠のようなもの。宇宙での長時間移動も、この方法で肉体を出発時と同じ状態で保つことができます。しかし雪女はもともと寒いところで暮らしていたので、低温になっても眠ることができませんでした。他の種族たちが若さを保ったまま眠る中、雪女はどんどん歳を重ねていってしまいます。目的地まで生きていられればいいのですが。

78

式場――友人たちに囲まれて、両親から花を手渡されるという結婚式の感動的な一場面……と思いきや、主人公は棺桶の中でそれを見ていました。そう、これは結婚式ではなくお葬式でした。たくさんの人に見送られて、きっとこの物語の主人公は幸せな気持ちで天国へと旅立っていったことでしょう。

80

星に願いを――「流れ星に願いを3回唱えると、その願いは叶う」という言い伝えがあります。この物語の主人公はそんな流れ星そのものです。流れ星というのは、宇宙を漂っていた小さな石やチリの命が燃え尽きてしまう時に見られるもの。死を受け入れたくない流れ星は、自分自身に願いを唱えるのでした。

82

マジョリティ――少しでも特別でありたい人たちにとって、「人と同じことはしたくない」という言葉は、確かにとても共感できます。しかしこの物語では、共感のあまり、多くの人がその言葉を唱えるようになってしまいました。これでは、同じ言葉を唱えるという「人と同じこと」をしてしまうことになり、本末転倒です。

84 **予告看板**――ここで発生した事件の目撃者を探すための立て看板。しかし、その内容は過去のものではなく、今まさに起ころうとしている殺人事件について書かれたものでした。看板を読んだ瞬間、主人公は何者かに襲われてしまいます。これは事件の目撃者探しと見せかけた、奇妙な殺人予告でしょうか？　それとも、未来の立て看板が、当事者となる主人公にだけ見えたのでしょうか？

86 **自分自信**――この物語に出てくる人物は神様を信じていないようです。それはなぜでしょう。実は、この人物こそ神様本人。誰だって「あなたは常に自分を信じて生きていますか？」と聞かれたら「いいえ」と答えてしまうことがあるのではないでしょうか。

88 **大停電**――信号機や電車は停電してしまえば動きませんが、人間は動けるはずです。人間も動かなくなってしまったということは、我々は進化のため、動くのに電気を必要とするようになったのかもしれません。または、人間が絶滅した後の世界を生きる「人間」と呼ばれる機械なのかも……。

90 **花占い**——最後の花びらが「すき」になるように、先に花びらの枚数を数えて「きらい」から花占いをはじめた女の子。占いの意味は全くありませんが、ある意味賢いですね。

92 **子ども駆動**——この物語の電車は何を動力源にして動いていたのでしょう。お子様が眠ってしまって動かなくなったということは……この電車はおもちゃだったんですね。運転再開まで静かに待つしかなさそうです。

94 **塗り残し**——宇宙を様々な色で塗る職人。丸い地球を青や緑、茶色で塗っている最中に、絵の具を切らしてしまいました。その結果、北と南の両端は真っ白なまま……。こうして、北極と南極が生まれたのでした。

96 **反転人間**——鏡は左右が逆転しているように映るため、右手を挙げれば鏡の中の自分は左手を挙げます。つまり、右利きの人は左利きのように見えてしまいます。どうやら主人公が噂に聞いた「自分にそっくり」の人物は別人ではなく、鏡の中から抜け出した自分だったようです。

98
約束の針――この物語でお金を返す約束を破った彼は、針千本を用意するためにさらにお金を借りようとしています。これでは本末転倒。お金を貸した人も、本当に針を千本飲ませるつもりはなかったにせよ、まさかこんな要求をされるとは予想していなかったことでしょう。

100
カラス語の解読――ついにカラスたちの言葉の解読技術の開発に成功。しかし、カラスたちは人間が自分たちの言葉を理解できないのをいいことに、堂々と人類の滅亡を狙う相談をしていました。会話の内容から察するに、もう人類に勝つ方法を思いついているようです。

102
文殊の知恵――平凡な人でも3人集まって相談すれば素晴らしい知恵が出ることを、ことわざで「三人寄れば文殊の知恵」と言います。文殊とは、知恵をつかさどる菩薩のこと。この物語では、ふたりの人間が、あとひとりの協力者を欲しがっています。そこに現れたのは「文殊」本人。文殊ひとりで3人分の知恵を持っているわけですから、話しているふたりの知恵は必要なくなってしまいました。

104 **グリーン星人**——地球を訪れた異星人。地球の文明を築いた人類たちへのコミュニケーションを試みるのかと思いきや、地球に生息するスギなどの木々たちに話しかけ始めました。確かに動物も植物も、宇宙人から見たら人間と同じ「生物」ですから、人類が地球の代表だと思うのは人間のおごりかもしれません。

106 **命の落とし物**——「落としましたよ」と声をかけられて振り返ってみると、そこには命を落とした自分の姿が……。落とし物は「命」だったんですね。今回は持ち主が気づきましたが、落としたまま気づかれない命はどうなってしまうのでしょう。あの世の交番に届けられるのでしょうか。

108 **ロボットこそ**——感情があまり顔に出ない人や、冷たい人のことを「ロボットのような人」とたとえることがあります。しかし子どもが言うように、感情に左右されないロボットこそ、どんな状況でも笑顔でいられるのです。また、テクノロジーの進歩した現代では、人間よりもロボットのほうが人や環境の微妙な変化に気づけるのかもしれません。私たち人間は、うまく笑顔を作れないことがあったり、他人の気持ちに気づけないことがあったりします。そんな不完全さこそが人間らしさなのかもしれません。

110 **冷たい販売**——この自動販売機の「つめた～い」が表していたのは温度ではなく、商品を受け渡す時の態度だったようです。もし「あったか～い」を押していたら、ものすごく優しく渡されていたのでしょうか……。

112 **自分だけのビーチ**——彼のいる場所は無人島であり、彼は遭難してしまったのかもしれません。誰にも邪魔されない無人島でのバカンスは最高ですが、誰にも見つからない無人島での遭難は最悪ですね。

114 **むらびとAの憂鬱**——なんと犯人はロールプレイングゲームの主人公でした。確かに、ゲームの世界では、勝手に人の家に入って壺を割って中身を物色したり、タンスを開けて金品を盗み出しても、誰にも怒られないですよね。でも、盗まれたほうは納得いきません。中には勇者対策で、壺の中にモンスターを仕込んでおく人もいるとかいないとか……。

116 **ツーショット**――写真にはっきり写っただけで驚かれるということは、「写るはずのない人物」が写っているということ。そう、この被写体は幽霊だったんですね。「白い肌」というのは綺麗な肌という意味ではなく、幽霊だから真っ白だったということなのでしょう。

118 **幽霊のいる家**――招いた友達に「おまえの家、幽霊がいるぞ」なんて言われたら気味が悪いですよね。ところが、さっそく家のお祓いをしてもらったら、家族は消え、家には自分一人だけになってしまいました。一緒に暮らしていた家族は、みんな幽霊だったんですね……。

120 **紛らわしい願い**――最強のパワーを手に入れるため「強大な力が欲しい」と書いて、神様にお願いをした主人公。しかし神様は、漢字の「力」をカタカナの

「カ」と読み間違えてしまい、強大な「蚊」を与えてしまったようです。大切な書類は、意図が間違って伝わらないように注意しなくてはいけませんね。

122 **誤認逮捕**――名探偵が怪しい奴を捕まえて、助かる人は誰でしょうか。もちろん被害者や遺族は捕まえてくれたことに感謝しますが、事件はもう起こった後なので助かってはいませんよね。では名探偵が捕まえた怪しい奴が、本当は犯人じゃなかったとしたら……？　真犯人は思わず「助かりました」なんて言ってしまうかもしれませんね。

124 **手をあげて**――講師は「わかった人は手を挙げて」と言ったのに、なぜジェニファーはいきなり殴り掛かったのでしょうか。日本語では相手に暴力を振るうことを「手をあげる」と表現することがあるので、「私に暴力を振るってください」という意味だと勘違いをしたのですね。「手をあげる」なんて難しい言葉を知っているのだから、日本語の能力の問題ではないと思うのですが……。

126 **アクは許さない**――博士は、世界から「悪」を取り除く装置を完成させたと高らかに叫びましたが、完成した装置が実際に取り除いたのは「悪」ではなく、鍋などに浮き出てくる世界中の「灰汁（あく）」でした。ちょっとドジな博士ですが、もし完璧に「灰汁」を取り除いてくれるのであれば、それはそれで欲しい人がたくさんいるかもしれません。

128
以上事態——この博士は「以上」という言葉の意味を履き違えていたようですね。「以上」という言葉は「〝それを含む〟その上の範囲」を示す言葉です。つまり今回の場合は「私以上」ということで「博士自身」も含まれたため、自身も消えてしまったということです。こんなうっかり博士未満の知能を持つ者だけの世界……ちょっと心配ですね。

130
自分予報——気象予報士は翌日の天気を「大荒れ」と予報しましたが、結果は正反対の「快晴」になってしまいました。その結果、批判の「嵐」で気象予報士の周りは「大荒れ」に。ある意味、予報は当たっていたことになりますね。しかし嵐はいつか過ぎ去るもの。すぐに、この気象予報士が晴れ晴れとした気持ちで仕事ができる日が来ると信じましょう。

132 **地球大接近の日**――地球が近づいているということは、そこは地球ではないどこか別の星ということになります。望遠鏡で地球の青い海を見ているのは、地球から移住した未来の人間か、人間ではないその星に住む生命体でしょう。

134 **月の秘密**――月にはウサギが棲んでいてお餅をついている、なんて言い伝えがあります。もしかしたら、月そのものがウサギのついたお餅なのかもしれません。真ん丸な満月は、焼かれて大きく膨らんだお餅。細い三日月は、ウサギによって食べられたお餅のかけら。お餅がなくなって新月になると、また新しいお餅を膨らませ始めるのです。

136 **プログラム**――長いこと警備員ロボットとして働いてきた主人公。思い出の職場への別れに対して、涙が溢れだします。果たして、この涙は人間によってプログラムされたものなのか？　それとも仕事を通して本物の感情が芽生えてしまったのか。捉え方によって、新しいロボットの「くだらない」という言葉の意味も違って聞こえます。

138 **同一人物**――12月は師走（しわす）と言われ、年末にかけて忙しくなる季節です。この人物は「赤い服」を脱いですぐに「小槌」を持って出かけて行きました。「赤い服」を着ているということはクリスマスイブに忙しいサンタクロース、「小槌」を持っているということはお正月の縁起物・七福神の一人「大黒天」ですね。サンタクロースと大黒天。どちらも大きな袋を持っていますが、まさか同一人物だったとは……！

140 **出られない**――こたつは、一度入ると出たくなくなるくらい気持ちの良いものです。でも皆さん、こたつに入る時にちゃんと中を確認していますか？　もしかしたら予想外の先客がいて、本当の意味で出られなくなってしまうかも……？

142 **手の焼けるペット**――世話が大変なことを「手が焼ける」と言いますが、もちろん本当に手が焼けてしまうわけではありません。しかしこの物語のペットはなんと火を吹くペットだったようで、本当に手を焼くことになってしまいました。

144 **刑事の育児**――怪訝そうな顔をして「におうな」とつぶやいたベテラン刑事。その風格から事件の重要な証拠を嗅ぎ取ったのか……と思いきや刑事が嗅ぎ取ったのは、まだ小さな自分の子どものうんちの「におい」。仕事では事件解決に向けて奮闘しているベテラン刑事も、家では子育てに奮闘する新米の親なのでした。最近では犯人に手錠をかけるよりもスムーズに、オムツの取り替えができるようになったそうですよ。

146
つかない理由（わけ）——突然ですが、自分の肘と自分の唇をくっつけてみてください。くっつきましたか？　実は人体の構造上、肘と唇はくっつかないようにできています。この物語では、人体の構造がこのように進化した理由が語られています。もちろんこのお話はフィクションですが、実際に検証しようがないので真相は闇の中です。

148
地球の自転車——主人公が買ったのは地球を「自転」させる「『自転』車」でした。通常地球は24時間で1回転しますが、その回転が速くなった分、一日も早く過ぎていくというわけです。あなたが「今日は時間が経つのが早かったな」と感じた日は、世界のどこかでこの自転車を漕いでいる人がいるのかもしれません。

150　**パラレルアース**――宇宙船が向かっていたのは、地球と同じタイミングで生まれ、同じように発展した惑星でした。その惑星は、環境や姿形だけでなく、そこで生きる人々の考えることまで地球そっくり。全く同じタイミングで、お互いを調査するための宇宙船が出発したため、お互いの航路の中間地点でぶつかってしまったというわけです。

152　**見つからない本**――『子どもが生まれる前にパパが読む本』を6年前から探し続けていたのなら、もう子どもは小学生になってしまっているかもしれませんね。ちょっと間抜けなパパですが、必要なものは必要なタイミングで巡り合うもの。だとしたら……また新しい幸せがパパのもとに訪れるのかもしれません。

154　**飛んできたアレ**――子どもの頃、怪我をすると「痛いの痛いの飛んでけー！」となぐさめてもらった人も多いのではないでしょうか。しかし飛んでいった「痛み」はどこに行ったのでしょう？　この物語のように、飛ばした「痛み」は他の人のもとへ辿り着き、また新しい苦痛を与えているのかもしれません。

156 **虚像**——鏡に映る自分に向かって「おまえは誰だ」と言い続けると自分の心が壊れてしまう……なんて都市伝説がありますが、この主人公もふざけて鏡の向こうの自分に話しかけてしまいます。すると、鏡の向こう側から「鏡がしゃべった」という驚きの声が。鏡に映った自分に意思があることも恐ろしいのですが、鏡の向こう側にいる自分から見たら、この主人公こそが鏡に映っている虚像だということも、怖い事実です。

158 **星空の裏側**——夜空にまたたく星々。地上から見ると小さな光ですが、それらは太陽と同じように自ら光り輝く大きな天体であることを私たちは知っています。でも、本当にそうでしょうか？　もしかすると、夜空の正体は空を覆う大きな黒い幕で、星というのは、その幕に開いた小さな穴から漏れ出した光かもしれません。さらに神様が一瞬だけ切れ込みを入れることで、ひとすじの流れ星が生まれるのかも、なんて。

160 **寝落ち**——夜、わが子が眠るまで絵本の読み聞かせをしているお母さん。ところが、読んでいる途中ですやすや寝てしまっていたのはお母さんのほうでした。この物語の主人公は読み聞かせをしてもらっている子どもだったんですね。

162
歩きスマホ——歩きながらスマートフォンを操作することを「歩きスマホ」と言いますが、この物語の世界ではスマートフォン自身が歩き始める「歩きスマホ」が現れてしまったようです。最終的には勝手に走り出す「走りスマホ」が出てきたようですが、そうなると持ち主のもとから逃げ出した「迷いスマホ」も問題になるかもしれません。

164
タネも仕掛けも——人間を大きな箱に入れて大きな刀で切断するという人体切断マジックは、周りから見ていてタネや仕掛けがあるようには思えないほどのリアリティ。一方で、毎回女性アシスタントを変更しているようですが、華やかに見せることだけが目的なのでしょうか？　まさか、本当に人体を切断しているから、同じ人は二度出演できない……なんてことはないですよね？

166
秘密基地への宅配——警察や正義の味方でさえ、その存在を知らない最強の秘密基地でしたが、完成したことが嬉しくて宅配ピザを注文してしまいました。そうするとピザ屋さんの配達履歴に住所が残ってしまいますよね。せっかくの秘密基地を一瞬でバレバレの基地にしてしまった、どこか憎めない間抜けな悪者のお話でした。

168 **無霊者**（ぶれいもの）――誰もいないはずの屋根裏から足音がするので、霊能者に相談したところ、霊はいなかったようで一安心。……あれ、でも、霊がいないということはこの足音の正体は？　もしかしたら、誰かが屋根裏に侵入してそこで暮らしているのかも。ある意味、霊よりも怖いですね。屋根裏を覗（のぞ）く時にはご注意を。屋根裏の住人と目が合ってしまうかもしれませんから……。

170 **夢見るドライバー**――大事故を起こしてしまった、と思ったら夢でした。ホッと一安心かと思いきや、この人は運転中に居眠りして夢まで見ていたということ。これでは本当に大事故を起こしてしまいかねませんね。もしかしたら夢は予知夢だったのかも……？

172 **グリーン星人2**――「ピクトグラム」とは看板などに使われる絵文字のこと。男性用トイレは青い人型のピクトグラム、女性用トイレは赤い人型のピクトグラムで表現されていることが多いですよね。しかしこの物語の主人公は人間ではありませんでした。緑色の体をした異星人は、なんと緑色のピクトグラムで示された非常口に向かってしまいます。間違いに気づいた異星人は、果たしてトイレに間に合ったのでしょうか……。

174
物は大切に――昔の人は限られた資源を大事に使い、壊れた道具や衣服などを何回も直して使っていました。しかしこの物語の主人公は、傷ついた「手足」や「臓器」を治療するという、私たちにとって当たり前のことに驚いているようです。ということは、この人のいる時代は、手足や臓器が気軽に買える世の中になっている未来ということです。安売りされ、使い捨てにされる手足や臓器……。便利そうですが、少し不気味です。

176
エクストリーム上京――東京で働こうと決意する若者。しかしこの若者、なんと「1億光年先」からやってくるようです。この若者は地球人ではありませんでした。実は、私たちが知らないだけで、多くの異星人がすでに地球のあちこちで働いているのかもしれません。

178 **死んでも嫌だ**――高所や閉所、先端や暗所など、恐怖の対象は人それぞれ。他人からすれば何ともないことでも、本人からすれば死んでも嫌なことだったりします。この物語の主人公やその恋人も、文字通り高いところや閉ざされた狭い場所が「死んでも」嫌だったようです。

180 **Q&A**――このお話の「Q」と「A」は「Question（質問）」と「Answer（答え）」ではありません。「Q」は「Queen（女王）」で「A」は「Ace」を表しています。そう、トランプですね。「Queen（女王）」の夫は「K」こと「King（王）」です。トランプゲームの大富豪やポーカーでは、KはQより強いカードですが、AはKよりもさらに強いカードです。Aが加勢すれば王様はケンカに負けてしまうというわけです。

182 **しきたり**――お葬式の案内が届いた主人公は、葬儀場に向かいました。棺桶には亡くなった人が寂しくないよう、お花やその人の想い入れの強かったものを参列者が順番に入れていきます。自分の番がやってきましたが、なぜか棺桶の中に押し込まれてしまいます。彼は参列者としてではなく、「想い入れの強かった『者』」として一緒に燃やすために招待されたのでした。

184 **繰り返し**——皆さんにはこの物語の犯人がわかりましたか？「まえだ」と「やまもと」のどちらが犯人かわからない？　本文に「話を繰り返し辿れば簡単だったよ」と書いてありますよね。だから皆さんも、もう一度最初から読んでみてください。一回読んだら、もう一度最初から。それでもわからない場合は、本文を2回連続で音読してみてください。そう、犯人は……。

186 **一日先へ**——素晴らしい！　たった１４４０分で一日先の未来に行けるということは、一時間単位に直すと24時間、つまり一日かけて一日先に行けるということですね。……ん？

188 **鏡よ鏡**——白雪姫では「鏡よ鏡、世界で一番美しいのは誰？」と問いかけると、その答えである人物の顔が映る「魔法の鏡」が登場します。ところが、この物語では、どんな問いかけをしても問いかけた本人しか映りません。なぜなら、地球上の人間は彼女しか存在しないから。彼女の顔しか映らないということは、そもそもこの鏡も魔法の鏡ではなく普通の鏡なのかもしれませんが、真実を知るのもまた、彼女しかいないのです。

190

大番狂わせ――相撲の世界では、平幕力士が横綱に勝つことを「大金星を挙げる」と言います。惑星同士の相撲大会で、小さな金星が大きな土星や木星を倒し、金星が大金星を挙げた、というわけです。

192

密輸――体のあちこちに違法な薬の粉を隠しているのかと思いきや、なんと密輸人の体そのものが粉でできていたようです。風に乗って飛んでいった粉たちは、やがてどこかに集まってまた人の姿に戻るのかもしれません。

194

記憶にございません――記憶を見返す技術が本当に開発されたら、様々な分野への応用が可能となるでしょう。ただし、長い人生においては「忘れる」ことも重要なのかもしれません。もっとも、不都合なことを「忘れる」ことが得意な政治家たちは別の理由で反対したようですが。

196 **生存者バイアス**――安価な装備にしたら怪我人が増えそうなものですが、安価な装備のほうが性能がよかったのでしょうか？　実はそうではなく、安い装備をした兵士は怪我では済まなくなり、病院に来る必要がなくなってしまったのです。つまり……。

198 **デスマーチ**――働き方改革によって無茶な勤務時間の改善などが行われ、健康な人が増えて寿命が延びた……のかと思いきや、実は死神の世界でも働き方改革が起こっており、死神の勤務時間が減った結果、命を奪われる人も減ったのでした。

200 **自分探し**――自分の生き方を見つめ直すために自分探しの旅に出る人も多いですが、この物語の旅は少し違うようです。文字通り「自分」を、つまり自分の遺体を探す、少し切ない旅なのでした。

202 **帰省ラッシュ**――精霊馬（しょうりょううま）とは、お盆の時期に霊があの世とこの世を行き来するために乗る馬のことで、キュウリとナスで作るのが一般的です。人混みが嫌いな父のためにお盆より早く精霊馬をお供えして、霊たちの帰省ラッシュに巻き込まれないようにしてあげたというわけです。

204 **練習台**――勝手に髪が伸びる呪いの人形なんて、怖すぎて持っていたくないですよね。でも、そんな人形を欲しがる人がいました。美容師です。美容師は髪を切るのが仕事なので、いくら切っても髪が伸びてくる人形は練習相手に最適だったのです。

206 **手を挙げろ**――銀行員は何か意見があって手を挙げたのでしょうか。どうやら違うようです。銀行員は「手を上げろ！」と銀行強盗に拳銃で脅（おど）されたため、手を上げたのでした。何か思いついても、強盗相手には余計なことは言わないほうが良さそうですね。

208 **ジャネーの法則**――歳を重ねるごとに一年が早く感じられる方は多いのではない

でしょうか？　数十年でそうなのですから、一万年生きている人にとっては、一年がまさに「あっ」と言う間に過ぎてしまうようです。不老不死になったとはいえ、それでは寂しいですね。

54字の物語の作り方～文字数調整編～

前々作『54字の物語』と前作『54字の物語　怪』の巻末では、「普通じゃない状況を考えてみる」発想法や、「好きな作品の要素を分解する」発想法を紹介しました。

今回は、そうやって思いついた物語を、54文字ぴったりに収める方法を紹介します。

⑴　まずは箇条書きにしてみる

たとえば「テスト」という題材から、こんな物語を思いついたとしましょう。

「勉強が苦手」と言いながら、学校のテスト以上に難しいことをやってのけてしまう天才少年の話。

・勉強の苦手な生徒が、明日の理科のテストのことで悩んでいる。
・テストに合格するためには、カンニングに頼るしかない。
・カンニングをするための装置を作ることを思いつく。
・物理学の難しい理論を応用して、カンニング用マシーンを完成させる。

(2) そのまま文章にしてみる

(1)で箇条書きにした言葉をそのままつないで、文章にしてみましょう。この段階では、文章を美しく整える必要はありません。

勉強の苦手な生徒がいた。彼は、明日行われる理科のテストのことで悩んでいた。テストに合格するためには、カンニングに頼るしかないと思い、カンニングができる装置を作ることにした。彼は、物理学の難しい理論を応用して、カンニング用メガネを完成させた。(120字)

(3) 重複する言葉を削る

繰り返し出てくる言葉や、省いても意味が通じる言葉は、削ってしまいましょう。

> 勉強の苦手な生徒が、明日行われる理科のテストのことで悩んでいた。合格するためにはカンニングに頼るしかないと思った彼は、物理学の難しい理論を応用して、カンニング用メガネを完成させた。(90字)

(4) 視点を変えてみる

登場人物の目線でセリフにしてみたり、話し相手の目線で書いてみたりすることで、より短く、わかりやすい文章になることがあります。

僕は勉強が苦手だ。明日の理科のテストに合格するためには、カンニングに頼るしかない。僕は物理学の難しい理論を応用して、カンニング用メガネを完成させた。(74字)

(5) 言葉を入れ替えてみる

日本語には、「試験」と「テスト」など意味は似ているけど文字数の異なる言葉がたくさんあります。文字数が54字に近づいてきたら、言葉を入れ替えて文字数を調整してみましょう。類語辞典などが参考になります。

僕は勉強が苦手だ。明日の理科のテストを乗り切るために、量子光学を応用したカンニング用メガネを作ることにした。(54字)

ここでは、「乗り切る」という言葉を使うことで、「どんな手を使っても合格したい」というニュアンスを短い文字数で表現しました。

また、「物理学の難しい理論」という表現を「量子光学」などの難しそうな専門用語に置き換えることで、よりシンプルになりました。

(5) 設定を変えてみる

この物語のアイデアを表現するには、必ずしも題材を「理科のテスト」や「カンニング用メガネ」にする必要はありません。どうしても54字に収まらない場合は、思いきって設定を変えてしまいましょう。

> この算数のテストを乗り切るにはカンニングしかない。僕は数学の公式を使って先生にバレない視線の角度を計算した。(54字)

まずは文字数を気にせず書いてみること、そして、いろいろな言葉の表現を試してみることが大切です。作品が完成したら「#54字の物語」のハッシュタグを使って、SNSに投稿してみてくださいね!

●編著
氏田雄介（うじた　ゆうすけ）
平成元年、愛知県生まれ。株式会社考え中代表。著書に、1話54文字の超短編集「54字の物語」シリーズ（PHP研究所）、世界最短の怪談集「10文字ホラー」シリーズ（星海社）、当たり前のことを詩的な文体で綴った『あたりまえポエム』（講談社）、迷惑行為をキャラクター化した『カサうしろに振るやつ絶滅しろ！』（小学館）、書き出しと結びが決まっているショートショート集『空白小説』（ワニブックス）など。「ツッコミかるた」や「ブレストカード」など、ゲームの企画も手がける。

●絵
武田侑大（たけだ　ゆきひろ）
1994年、愛知県日進市出身。名古屋市立大学芸術工学部を卒業後、フリーランスのイラストレーターとして活動中。サイエンスやテクノロジーといった分野を中心に、ユーモアを大切にしながら幅広いタッチで書籍や広告、WEBメディアにイラストを多数提供している。主な作品に『ゼロから理解するITテクノロジー図鑑』（プレジデント社）、「54字の物語」シリーズ（PHP研究所）などがある。

●デザイン
村山辰徳
協力／株式会社サンプラント 東郷 猛

●Web制作
君塚史高

●執筆協力
小狐裕介、織本ミズキ、渡邊志門

●協力
あからさま（呉大樹）、アヅマイツキ、式さん、裏本田・柴志朗、渋谷獏、高橋淳一、水谷健吾、ゴーストの皆さま

本書は、2019年5月にPHP研究所から刊行された『みんなでつくる　意味がわかるとゾクゾクする超短編小説　54字の物語　参』に、新たな作品を10編収録し、加筆・修正を行ない、改題したものです。

PHP文芸文庫　54字の物語 3
参

2023年9月21日　第1版第1刷

編著	氏田雄介
絵	武田侑大
発行者	永田貴之
発行所	株式会社PHP研究所

東京本部　〒135-8137 江東区豊洲5-6-52
文化事業部　☎03-3520-9620(編集)
普及部　☎03-3520-9630(販売)
京都本部　〒601-8411 京都市南区西九条北ノ内町11

PHP INTERFACE　https://www.php.co.jp/

組版	朝日メディアインターナショナル株式会社
印刷所	図書印刷株式会社
製本所	東京美術紙工協業組合

ISBN978-4-569-90338-5

PHPの本

意味がわかるとゾクゾクする超短編小説

54字の百物語

氏田雄介 編著／武田侑大 絵

テーマは「怪談」。54字の文学賞に寄せられた約5000作の中から厳選して収録！